Kinderen van de Zagros

Kinderen van de Zagros

Shad Raouf

Kinderen van de Zagros

Copyright © 2024 Shad Raouf

Auteur: Shad Raouf

Druk: Pumbo.nl

Omslagontwerp: Julian Brzozowski

Avonturenroman, Magisch realisme

ISBN 978-94-6481-961-8

Voor allen die dwalen,
vervreemd van hun oorsprong,
moge dit offer van het hart jullie weg naar huis verlichten

Inhoud

I
Martelaar

1

Wat is een eind, als het niet een begin is? Het is pas wanneer de gebeurtenissen die ons vormen op hun eind lopen, dat we het verhaal zien dat ons hierheen geleid heeft. Zo is elk begin ook een afscheid van een deel van ons, met pijn of met opluchting, met spanning of met verademing, is het altijd een herboren worden.

Het is op dat moment, waarop het oude overgaat in het nieuwe, waarop het eind vruchtbaar is van het begin, dat onze prinses zich terugtrekt en afsluit van de rest van het koninklijkhuis.

Het koninklijk echtpaar had drie mannelijke erfgenamen om hen op te volgen. Stuk voor stuk talentvolle mannen, begiftigd met alle kwaliteiten die het hoofd van een staat nodig heeft. Maar in de veiligheid van hun echtelijk bed viel de keus op hun jongste dochter.

Het was de koningin die als eerste de indringende blik van de jonge prinses opmerkte, al in de eerste dagen dat ze het kind mocht zogen. 'Ze keek me aan met de meest heldere ogen,' had ze gezegd tegen haar echtgenoot. Een inzicht dat toen nog aan dovemansoren gericht was.

Pas met het verstrijken van de jaren zag ook de koning die bijzondere helderheid bij zijn dochter. En het duurde nog enkele jaren langer voordat hij kon zien wat zijn koningin allang voelde. Zij lag al in bed toen hij binnenkwam en haar met een kus wakker maakte. 'Gelawezj, jouw inzicht heeft altijd jaren voorgelopen op het mijne,' fluisterde hij, terugwijzend naar een gesprek dat al die tijd niet werd gevoerd, maar waarvan de koningin wist dat het ooit moest komen.

'Je hebt altijd tijd nodig gehad om te voelen wat je al weet,' zei ze met halfdichte ogen.

De koning streelde door haar vergrijzende haren, terwijl hij naast haar op het bed zat. In al die jaren was haar schoonheid enkel gegroeid, alsof de rimpels op haar gezicht de schoonheid van haar ziel lieten schijnen. Ze keken elkaar aan met dezelfde liefde als in hun jongere jaren, een zeldzaam moment van tederheid in hun huidige leven.

Zijn gezicht werd ernstig. 'Maar we hebben drie oudere jongens, die elk meer populariteit genieten en talent vertonen.'

Gelawezj bleef liggen. 'Dat klopt.'

'En hen overslaan, dat zou een grove schending van traditie zijn.'

De koningin opende haar ogen en haar uitdrukking verharde. 'Sherwan. Jij bent koning. Niet jouw vader en ook niet zijn vader. Jij.'

De jonge prinses had niet het charisma van haar broers, die geliefd waren onder de gehele bevolking. De zoons verzonnen bij elke gelegenheid de prachtigste belijdenissen en zweepten de trots en emotie van het volk op. En met hun gulle karakter verdienden ze ook de loyaliteit van diezelfde bevolking.

De prinses had ook niet de kennis van geschiedenis en staatsmanschap; kennis die haar broers bij de beste leraren in het land hadden opgedaan. Noch had ze haar kwaliteiten als leider bewezen door manschappen naar een overwinning te leiden of haar moed bewezen door aan het hoofd van een leger het geweld in te snellen. Ondanks haar desinteresse in het leren van de juiste gebruiken en haar onwil om de kennis op te doen die een staatshoofd nodig heeft, zag de koning nu in dat zij degene was die zijn onderdanen de zorg kon bieden die nodig was om de geschiedenis van hun volk uit de duisternis te leiden.

Hun voorouders hadden de duisternis van Shaneder lang geleden achter zich gelaten. Geen van de levenden kende de angst van het leven in die grot. Ondanks die kloof was de duisternis hun hart binnen gesijpeld en had hen van generatie tot generatie gevolgd. Hoe ver ze ook trokken en hoe veel stadsmuren ze ook bouwden, in tijden van stilte bonkte het op de deuren van hun bewustzijn, als een onverwachte gast of een plunderaar. Welke van de twee het was, wist niemand, want geen een durfde te antwoorden, de warmte van de eigen haard verkiezend boven de onbekende duisternis buiten.

De jonge prinses zou door die duisternis heen snijden en een nieuw tijdperk inluiden. Zij zou wat hen achtervolgde in het licht zetten en hen verlossen van dit pijnlijk verleden. Het was een klein vonkje dat de koning durfde te omarmen, aangewakkerd door de steun en aanmoediging van de koningin. Hij waagde het om dapper te zijn en, tegen het advies van zijn viziers en de verwachtingen het volk in, zijn hart te volgen als ware hij een vrij mens.

Hun voorouders waren als kind achtergelaten in Shaneder op de bergtekens van de Zagros. Geen van hen wist waarom ze daar waren of wat er van hen verwacht werd. In die grot leerden ze overleven met de kleine beetjes voedsel die elke dag door een nieuw kind werden meegenomen; elke dag een ander kind dat niet wist waar het was beland, laat staan waarom. De dagelijkse rantsoenen werden aangevuld met wat ze bij elkaar konden scharrelen in de omgeving. Te angstig om de onbekende wereld te verkennen, bleven ze dicht bij hun grot. Enkel de dapperen en naïevelingen waagden het om verder gelegen velden te verkennen, om terug te keren met de weinige extra's die er te vinden waren. Het kwam al te vaak voor dat ze helemaal wegbleven. De mannen die hen hier naartoe brachten hadden hen gewaarschuwd dat elke poging tot vluchten zou resulteren in een zekere dood. Zo was de dreiging van de dood, door mens of natuur, een constante factor in hun leven.

Totdat, op een dag, er een kind arriveerde met meer dan enkel rantsoenen; het had ook een afgesloten doos bij zich. De kinderen vertrouwden op het ritme van hun dagen waarin ze weinig anders deden dan gesprekken voeren, zorgen voor eten, spelletjes verzinnen en wachten op de volgende dag. Dit nieuwe en onverwachte element zorgde voor onenigheid in hun midden. Velen benaderden de doos met argwaan. Dat het kind niet kon zeggen wat erin zat vergrootte die argwaan. Ze besloten de doos in een diep gat te gooien waar niemand het uit kon halen. Tenzij ze de moed hadden om het donker in te springen en daar het huiveringwekkende geratel van de slangen te trotseren.

De volgende dag volgde er geen nieuw kind en de dagen daarna ook niet. De routine waaraan ze gewend waren, was zonder enige waarschuwing tenietgedaan. Ze hadden zich al die tijd niet afgevraagd of ze weg moesten gaan. Dat antwoord was in hun ledematen gebeiteld door de waarschuwingen van hun ontvoerders. Maar nu brak weer discussie uit over wat ze moesten doen. Eén groep was overtuigd dat het gebrek aan nieuwe kinderen een teken was van de ondergang van hun ontvoerders en ze naar huis moesten proberen te gaan. Een andere groep was niet overtuigd en verkoos de veiligheid van hun nieuwe omgeving boven terugkeren naar een plek die meer op een verre nachtmerrie leek dan een thuis.

De discussie woedde hevig voort, terwijl steeds meer kinderen een passieve rol aannamen. Zij schikten zich naar degenen die ofwel meer moed leken te vertonen ofwel sterk achter hun overtuiging leken te staan. In deze eerste werkelijke discussie die zij ooit voerden werden de kiemen gelegd voor hun uiteindelijke hiërarchie. Ze waren bij hun ontvoering te jong geweest om zich bewust te zijn van gebruiken of gewoontes. Maar ze wisten dat sommige mensen naar anderen luisterden. En ze wisten dat diegenen die luisterden niet op dezelfde wijze overtuigd waren van zichzelf als degenen naar wie geluisterd werd. Dus schikten velen van hen zich naar degenen die met overtuiging spraken over wat ze voor elkaar konden krijgen door hun grot te verlaten.

Zo verlieten ze voor het eerst de veilige omgeving die ze hadden leren kennen. Ze vestigden zich aan de bergwand van de Bradost, één van de vele toppen in het Zagrosgebergte. De enkelen onder hen die het bekendst waren met de omgeving, doordat zij gedurfd hadden deze te verkennen, waren ook degenen die zichzelf de rol van herder toe-eigenden; een rol die de angstigen onder hen graag aan zich voorbij lieten gaan. En langzaamaan, gegroeid gedurende generaties, werden hun vestigingen dorpen, verkenden ze meer gebieden, zelfs tot onderaan de berg, om daar uiteindelijk een eerste stad te stichten en, weer generaties verder, een rijk.

Gedurende hun uitbreidingen ontdekten ze meerdere groepen kinderen, wier oorsprong hetzelfde was als dat van hen. De eerste ontmoetingen waren voorzichtig en gevuld met onzekerheid. Met het verstrijken van de tijd werden de groepen groter, georganiseerder en kreeg onzekerheid een metgezel: achterdocht. Conflicten ontstonden en rangen werden bepaald, totdat ook tussen de groepen hiërarchieën ontstonden als een weerspiegeling van de stabiliteit binnen de groepen.

De vestigingen werden groter en de populatie groeide. Hoe langer dit voortdurende, hoe meer het volk opkeek naar hun plaatselijke leiders voor bescherming. Zo werd hun informele rolverdeling langzaam maar zeker een vanzelfsprekendheid en heersers namen stappen om de macht binnen hun familie te houden door hun kinderen hen te laten opvolgen.

Op een dag werden ze wakker en waren ze vergeten dat het enkel een rol was, waarmee de oude dynamieken van koning en onderdaan, ouder en kind, sterk en zwak, wederom de norm werden. De scheur met hun verleden en de volgzame houding die velen van hen hadden aangenomen, bepaalden de structuren van hun maatschappij, zoals de duinen van de woestijn de routes van karavanen bepalen. De mensen waren content hun leven te leiden als herders, kooplieden, boeren of op een andere manier in hun levensonderhoud te voorzien, wetende dat een groot gevaar elk moment terug kon keren om hen weg te rukken van de veiligheid van hun geliefden.

Het was deze geschiedenis van hun bloedlijn die de koning meekreeg van zijn grootvader op de dag dat ze de baarmoederlijke grot van zijn volk verkenden. De dynastie die zich de rol van herder en later koningen had toegeëigend, had ook de inzichten van voorgaande generaties overgedragen aan de volgende. Zodat elke nieuwe koning hen beter kon beschermen tegen het gevaar dat tot nu toe onbekend bleef. Maar, zo had zijn grootvader hem onderwezen, elke generatie maakte de fout om zich voor de duisternis te verstoppen, haar op afstand te houden met spelen en plezier, met hard werken en gezang. Niemand had het innerlijke bewustzijn om die duisternis te aanschouwen, om een verzoening met het verleden teweeg te brengen en zich zo voor het eerst als volk te verheugen op een toekomst die hen lachend zou verwelkomen.

De koning zocht zijn hele leven naar hoe hij zijn grootvaders wijsheid kon vertalen naar realiteit. Nu zijn gezicht steeds meer op dat van zijn grootvader leek, drong het tot hem door dat hij de taak waar hij mee was belast niet meer kon volbrengen. Zijn leven was vastgelopen op het noodzakelijke onderhoud van een koninkrijk. Oorlog om zijn macht te behouden, oordelen over gerechtelijke kwesties, politiek bedrijven om oorlog te voorkomen – en zijn macht te behouden.

Zelfs nu, in tijden van vrede, ontglipten de uren van de dag hem zo snel dat zijn missie nog geen stap dichterbij was gekomen. Elke keer was er een nieuw obstakel dat zijn onmiddellijke aandacht vroeg, maar de prinses was als een baken van licht dat de duisternis verdreef. Zij was de hoop die hij zocht en aan haar kon hij de toekomst toevertrouwen. Dus ondanks de verwachting dat zijn oudste zoon de troon zou bestijgen, koos hij, dankzij de oplettendheid en aansporingen van zijn koningin, zijn dochter als opvolger. De viziers volgden zijn vastberadenheid en het volk, behoedzaam, maar vol vertrouwen, berustte in de wetenschap dat hun koning wijs en nobel was. Dat was voor hen genoeg om het niet volgen van de traditie te aanvaarden.

Het was kort na deze onthulling dat de prinses zich terugtrok in haar vleugel van het paleis. Al haar dienstmeiden werden weggestuurd en dagenlang vernam niemand iets van haar. De deur naar haar vleugel bleek niet te openen. Geen enkele sleutel werkte en verzoeken de deur te openen werden niet beantwoord.

2

In eerste instantie dacht men dat het een bevlieging was, een begrijpelijke emotionele reactie op haar leeftijd. De veiligheid van de prinses werd niet in twijfel getrokken, maar het uitblijven van een publiek optreden zou de vermeende stabiliteit van het koningshuis in gevaar brengen en daarmee het vertrouwen van het volk doen wankelen, twee fundamentele pilaren van hun koninkrijk. De koning zou verweten worden dat hij, door van de traditie af te stappen, het onheil over zichzelf had afgeroepen. Dat zou betekenen dat hij hen niet meer kon beschermen, het fundament van zijn autoriteit.

In een poging de situatie snel en binnenskamers op te lossen, riep hij de hulp in van twee alom gerespecteerde mannen: een magiër en een architect. De architect zou zoeken naar structurele zwakheden in de deur en de magiër kon spirituele blokkades opsporen en opheffen. Beide mannen werden in het paleis geëscorteerd door de persoonlijke beschermer van de koning, de krijger Akam.

Een dubbele deur, gegrafeerd met het symbool van het koningshuis, de patrijsvogel, gaf toegang tot de vleugel van de prinses. De kleine vogel, afgebeeld ter grootte van een mens, had een rode snavel die overging in het vaalwit van de nek. Haar kopje was omrand door een zwarte lijn die begon rondom de ogen en eindigde onderaan de nek en keel. Haar asblauw ging over in kastanjebruin op de rug en vleugels. Haar borst was gevuld met een grijze massa met rode strepen aan de zijkant die wezen naar de rode poten in dezelfde kleur als de snavel.

De architect onderzocht met zijn gereedschappen de dubbele deur. De magiër ritselde in zijn tassen, haalde er verscheidene kruiden uit en begon deze te mengen in een kom.

De architect keek zorgvuldig naar de hoeken van de deur, en sloeg met een hamer op een aantal plekken. 'Weet u door wie de deuren vervaardigd zijn?' vroeg hij aan hun escort.

'Dat weet ik niet, mijnheer. Dat moet ik voor u navragen.' Akam stond met zijn speer in hand als een wachter.

'Hoe zijn ze hierheen verplaatst?'

'De deuren waren hier al voor mijn indiensttreding. Ik zou dat voor u moeten...'

'En de temperatuurverschillen tussen de zomer en in de winter?' De architect sloeg met een beitel op een aantal plekken op de deur.

Akam begreep niet waar de architect naartoe wilde. 'Daar ben ik niet van op de...'

'Lekt er water naar binnen als het hard regent?'

Akam kneep in zijn speer. De vragen werkten op zijn zenuwen en hij werd ongeduldig door het gebrek aan handelen. Hoe moesten het weer en kruiden ervoor zorgen dat de deuren open zouden gaan? Voordat hij antwoord kon geven, werden ze afgeleid door de geur van brandende kruiden.

De architect maakte plaats voor de magiër die zijn kom voor de dubbele deur plaatste. Er omheen zette hij verschillende planten in een cirkel. De ingrediënten in de kom produceerden genoeg rook om het zicht op de deur te vertroebelen tot het leek alsof de patrijsvogel danste op het ritme van de walmen.

De magiër voegde zich bij de andere twee. 'Als een djinn die deur met magie afgesloten heeft, roken we hem hiermee uit.'

Eindelijk iets waar we wat aan hebben, dacht de krijger. Maar hoeveel rook er ook opsteeg en hoe doordringend de geur van de kruiden ook werd, er kwam geen djinn tevoorschijn.

De magiër en architect bediscussieerden hun technieken, hopend uit de kruisbestuiving een nieuwe benadering voor de impasse te vinden. Dit moment van bezinning werkte nog verder in op hun ongeduldige escort. Hij begreep niet waarom zo veel voorzichtigheid tentoongesteld moest worden voor een deur die herbouwd kon worden, terwijl de prinses in gevaar kon verkeren. Gedachten kronkelden in zijn lijf tot ze sterker werden dan zijn instructies. Zijn lichaam bewoog als vanzelf en stormde op de deur af. Met het kleine ronde schild op zijn arm ramde hij in één klap door de deuren heen.

De andere twee mannen waren zo verzonken in hun gesprek dat ze pas bij het horen van de knal opmerkten dat Akam niet meer bij hen stond. Ze moesten wachten tot het stof en de rook waren opgetrokken om te zien dat de deuren waren opengebroken en hij aan de andere kant de brokstukken van zich afveegde.

Stomverbaasd, maar ook opgelucht dat de deur niet door hun toedoen kapot was gegaan, liepen ze de hal binnen. Een hal waar normaal gesproken bedienden ijverig rondliepen om in elke behoefte van de prinses te voorzien. Nu heerste er een doodse stilte.

Geen enkele van de kamers die ze inspecteerden vertoonde sporen van vernieling of diefstal, maar ook de prinses was nergens te bekennen. Het was alsof sinds het vertrek van de bedienden alles was blijven staan zoals het stond, zonder dat er maar een stofdeeltje was neergedaald.

Bij de deur die leidde naar de slaapkamer van de prinses waren de drie mannen extra voorzichtig. Ze richtten hun ogen op de grond bij het openen, om te voorkomen dat ze de prinses op een onheus moment zouden zien of de indruk wekten oneervolle intenties te hebben.

Het voeteneinde van het bed van de prinses was het eerste wat ze zagen. Daarnaast een paar benen. Een vrouw stond als een waker naast het bed van de prinses. 'Welkom heren. U mag binnentreden. De prinses wacht op u.'

De mannen liepen de kamer verder in. Een klamboe hing om het bed en verhulde een zittend silhouet.

'Prinses!' riep de magiër uit. 'Godzijdank bent u veilig. We zijn gekomen om u hier weg te halen. U zult vast frisse lucht kunnen gebruiken.'

'Maar een van jullie zal mij hier weghalen.' Een zachte meisjesstem klonk vanonder de klamboe.

De klamboe ging open en de mannen richtten hun blik wederom naar beneden. De prinses zat in kleermakerszit op het bed. Het licht scheen op haar porseleinen gezicht, dat gevrijwaard was van de blakering die zovelen opdeden door hun dagelijks gezwoeg in de hete zon. Haar effen huid had een subtiele gloed. Haar zwarte haren rustten op haar schouders en kleine pupillen werden omringd door donkere irissen.

Ze bewoog naar voren en nam haar zogenaamde redders aandachtig in zich op. De mannen voelden haar ogen, alsof haar groeiende pupillen hen wilden doordringen. Ze zag dat één van hen bedekt was met houtsnippers en stof. 'Heeft u mijn deuren ingetrapt, meester Akam?'

De krijger boog voorover onder het gewicht van het besef dat de prinses hem ongunstig gezind was. 'Mijn diepste excuses, prinses. Ik heb de deuren doorgebroken. Ik wilde voorkomen dat u nog langer moest wachten voor het geval u in gevaar was. Mijn acties waren overhaast en ondoordacht. De reparatie neem ik volledig voor mijn rekening.'

De prinses wachtte zijn excuses geduldig af. 'Mijn dubbele deuren waren een kunstwerk van een meesterartiest. Weet u niet dat kunst niet gerepareerd kan worden, gezien het een unieke uitdrukking is van de ziel van de artiest?'

De krijger liep, verteerd van schaamte, rood aan. 'U heeft gelijk, prinses. Ik heb mijn handelingen erger gemaakt door mijn nonchalante woordgebruik.'

'Maar zulke baldadigheid is precies wat ik nodig heb!' riep ze onverwachts uit.

Akam veerde omhoog bij de uitroep van de prinses.

'Vandaag is de dag dat ik het paleis verlaat en de wereld intrek. En om mij op zo'n reis te vergezellen is een beschermer nodig van formaat - een die voor symbolen noch mensen terugdeinst.'

De andere twee mannen onderdrukten hun lach.

De architect liep naar de prinses toe. 'Kom, kleine prinses. We kunnen uw ouders niet langer laten wachten. Iedereen maakt zich...'

De man vloog tegen de muur, geleid door de hand van de vrouw naast het bed.

'Houd gepaste afstand, heren, zowel in de ruimte als in uw woordgebruik.'

De magiër bleef stijf staan. 'De wereld is een gevaarlijke plek, prinses. Vol met rovende bendes, beesten! En wat te denken van de vijanden van uw vader?'

De prinses rolde met haar ogen, maar antwoordde niet. Haar aandacht was gericht op Akam.

Hij was stil. Zodra de prinses zich had uitgesproken, voelde hij de kracht van haar wil. Eerst in haar stem en vervolgens in de doortastendheid van haar blik. Het was een zelfverzekerdheid die hij enkel had ervaren bij haar vader en nu stond zij, als zijn erfgenaam, voor hem met een verzoek dat tegen de wil van de koning inging. Met het ontvreemden van de jonge erfgename van het paleis zou zijn dood verzekerd zijn. Dat hij enkel de wens van de prinses in vervulling bracht, zou verdrinken in de vergelding voor zijn verraad. Ondanks deze wetenschap roerde in hem een wil, niet geheel de zijne, maar ook niet geheel vreemd, die hem aanspoorde om de gevaren van de toekomst en beloften van het verleden te vergeten en de wens van dit kind te eren.

Wederom bewoog zijn lichaam voordat zijn gedachten tot een conclusie waren voltrokken. 'Klim op mijn rug, prinses.'

Ze reageerde kinderlijk enthousiast. 'Geweldig!'

De prinses stapte van het bed af en deed wat hij vroeg. Ze sprongen dwars door het raam op de tweede verdieping naar beneden en Akam landde met gemak in de tuinen.

Hij had de weg naar de stallen al afgelegd, en de prinses op het paard gezet, nog voordat iemand de knal van de ramen had kunnen onderzoeken. Zijn paard, Raksh, blies toen hij zijn meester herkende en nog eens bij het verwelkomen van zijn gast.

Als de wind reden ze richting de stadspoort. Raksh' grote passen werden al op afstand herkend door de wachters, en de stadspoorten bleven open om de geroemde held en zijn ros door te laten. De prinses zat voor hem, verhuld onder zijn gewaad.

Eenmaal de stadspoorten voorbij liet ze zich zien. 'Vannacht volgen we de Zab, Akam. De rivier.'

'Ja, prinses.'

'Maar voordat we dat doen, moet u afscheid nemen van uw vrouw.'

'Dat zou ik u willen afraden, prinses. Zodra ze in het paleis weten wat er aan de hand is, is dat de eerste plek waar ze ons zullen zoeken.'

'Dit afscheid kan niet overgeslagen worden. Het moet gebeuren.' De prinses was vastberaden, haar stem vol gezag.

Akam zweeg en volgde haar bevel op. Hij vocht tegen de opluchting die hij voelde omdat hij zijn vrouw en dochter mocht zien. Hij vocht tegen de verzachting van zijn hart in het licht van zijn plicht; het betaamde hem niet om zijn verlangens boven de veiligheid van zijn prinses te plaatsen. Toch kon hij het niet weerstaan uit te kijken naar de warmte van zijn huis aan de rand van het bos. Hij trok de teugels aan en maande Raksh om te versnellen.

3

De zon was begonnen aan zijn afdaling toen ze aankwamen bij Akams huis. Een vrouw met lange blonde krullen wachtte hen op. Een dochter stond op van haar spel bij het horen van het hoefgetrappel. Ze riep haar vader zodra Raksh in het zicht kwam en haar moeder pakte haar op. De ogen van de vrouw verzachtten kortstondig voordat ze op de passagier op het paard vielen. Akam bond zijn paard aan een paal en liep naar hen toe.

De prinses had Akam bevolen alleen naar binnen te gaan.

Hij viel bijna van zijn paard bij die woorden. 'Prinses, het is veel te gevaarlijk om u buiten achter te laten. Bovendien vergeeft mijn vrouw het mij nooit als u geen gast bent in ons huis.'

De prinses hield zich zacht vast aan de manen van Raksh om haar evenwicht te bewaren. 'Het is ongepast als een vreemde zich op dit moment in uw huis begeeft. U neemt afscheid van de moeder van uw kind en dat moet plaatsvinden in de veiligheid van uw relatie. Mijn aanwezigheid zou daar te veel formaliteiten aan toevoegen en formaliteiten zijn de doodssteek van verlangende harten.'

De prinses aaide Raksh' manen terwijl ze toekeek hoe Akam zijn gezin omarmde. Zijn schild en zwaard konden hier veilig ontknoopt worden en zijn liefde kreeg de ruimte om te stralen. Na de blijdschap van hereniging viel er een schaduw van serieusheid over de geliefden. Het drong langzaam tot zijn vrouw door wie de persoon was die op Raksh zat. De zoete verrassing van Akams thuiskomst kreeg een bittere bijsmaak.

'Laten we naar binnen gaan, Hanar. Ik leg het je uit.'

De prinses bleef achter in het veld, samen met een grazende Raksh. Ze haalde diep adem en nam de frisse lucht van het bos in haar op; een heel andere lucht dan de muren en tapijten van het paleis. Het kabbelen van de rivier begeleidde haar gedachten zodat er op dat moment niks anders was dan de frisse lucht en het beekje. De zon kleurde de lucht van dieprood tot babyblauw en de eerste sterren lieten zich zien. Ze genoot van het blauw op haar huid, het groen van het leven om haar heen en de warmte van het licht van het huis.

Met een diepe zucht blies ze haar leven in koninklijke sferen uit en maakte ruimte voor iets nieuws, iets onbekends.

Toen Akam en Hanar weer naar buiten stapten, was de lucht geheel donkerblauw getekend. Onder de sterrenhemel keken de geliefden elkaar aan en Akam zag in de ogen van zijn vrouw de gebeurtenissen van jaren geleden, toen hun liefde pril was en hij nog achteloos omging met haar hart.

Op die dag, jaren geleden, zag hij hoe de ruimte tussen hen in zich in een oogwenk uitstrekte tot een onoverbrugbare afstand, diep als de oceaan en kil als de toendra. Haar hart trok zich terug op een fort dat gebouwd was op gebeurtenissen van lang voor hij haar kende. Dat fort beschermde haar tegen de gevaren van buiten met muren van apathie. In de schemer van het licht in haar ogen zag hij haar opgesloten hart. Hij zag ook de kracht die nodig was om zo'n overweldigende liefde te onderdrukken. Het vulde hem met een ontzag dat het vuur in hem deed branden met de intensiteit van een warme haard op een donkere winternacht.

Zijn leven als krijger was gevormd door bloedige strijdvelden en slopende trektochten. Zijn bewegingen, denken en vechten waren het resultaat van een vastberadenheid om te beschermen wat het beschermen waard is. Zijn krijgershart, echter, werd pas gevormd in de spirituele trektocht naar het hart van zijn geliefde; een hart dat klopte in hetzelfde ritme als het zijne, een ritme dat gevormd was, ver voor hun geboorte, met dezelfde penseelstreken als de sterrenhemel boven hen.

Hij trad naar binnen. Hij wist niet of het binnen in hem was of binnen in haar, maar hij trad alsmaar verder. Hij doorstond zeestormen en hield de vlam brandend over de gehele kille toendra. De liefde in haar hart moest haar licht laten schijnen. Zelfs zijzelf zou het de wereld niet ontnemen. Zichzelf verloochenend en haar afwijzingen negerend, trad hij dieper en dieper, totdat hij op een dag de muren van het fort bereikte. Hij klopte niet aan, want er waren geen deuren. Hij viel niet aan, want het was onneembaar. Hij schreeuwde niet, want geen geluid kon het fort penetreren.

Het enige teken van leven was het geklop van haar hart dat de muren vanbinnen deed schudden, een gebonk dat schreeuwde om verlossing. De schokgolven reisden de toendra af en creëerden de golfslagen van de oceaan die hij ternauwernood had overleefd. Diezelfde kloppingen waren zijn kompas tijdens de reizen door zijn eigen meest innerlijke angsten, en door die van haar. En hier waren ze zo sterk dat rechtop blijven staan een opgave was.

Wetend dat geen pleidooi, verzoek of aanval iets zou uithalen, deed hij het enige wat restte. Hij reikte naar zijn borstkas en scheurde die open zodat zijn hart vrij kon bewegen naar wat het verlangde. Hij liet het buiten zijn lichaam treden en begeleidde het met elke hartslag naar het fort. De muren smolten tot een voedende nectar en bedekten de toendra. De droge grond veranderde langzaam in een oase van flora en fauna. Het licht van haar hart scheen in heel het land en haar gloed liet hem baden in een liefde die elke cel voedde.

Waar zijn hart eerder klopte in zijn borstkas was nu nog alleen het vuur dat in hem was aangewakkerd. Hij miste zijn hart niet want hij wist zeker dat het veilig was bij haar. Er was geen liefdevollere verzorger dan zij. Net als dat haar liefde niet de hare was om te verstoppen, was zijn hart niet het zijne om te houden.

Vandaag beleefden ze beiden deze gebeurtenissen opnieuw. Pas toen hij beide harten in eenheid hoorde kloppen, draaide Akam zich om en liep hij richting de prinses. Hij droeg een vaalwitte harembroek, vastgemaakt met een donkergroene sjerp. Daarboven een rood vest omlijnd met gouden accenten. Langs zijn zij stak zijn kromzwaard en tegen zijn schouder leunde een speer met een rode pom vlak achter de scherpe punt. Zijn zongebruinde huid had meer groeven dan anderen van zijn leeftijd. In het weinige licht wierpen zijn dikke wenkbrauwen een schaduw over zijn bruine ogen. Door zijn langwerpige baard leek zijn gezicht van een afstand op een schaduw.

De prinses wachtte hem op waar hij haar had achtergelaten: op zijn trouwe ros, Raksh. Hij stapte op, met de prinses voor hem, en reed richting de begroeiing. Een bedrukkende stilte, waar zelfs de prinses niet doorheen sprak, vergezelde de twee reizigers.

Eenmaal omsloten door het bos verbrak Akam de stilte. 'Wat is onze bestemming, prinses?'

'Voor nu enkel de Zab,' antwoordde ze.

'Waar zijn we precies naar op zoek, prinses?' Zijn gezicht bleef strak gericht op het bospad voor hen.

De prinses zag enkel zijn baard. 'Dat is een belangrijke vraag, Akam. Waar is ieder van ons naar op zoek? Waar ben jij naar op zoek? Het is een vraag die we elkaar vaker moeten stellen.'

'Ik sta enkel tot uw dienst, prinses. Buiten uw veiligheid en de realisatie van uw wensen bestaat er voor mij geen doelstelling.' Zijn stem klonk dienstplichtig, maar verwijderd, alsof een deel van hem achter was gebleven bij zijn vrouw.

Achter hen scheen de volle maan op enkele plekken door de begroeiing heen. Het licht ving zo nu en dan de ogen van de dieren die het bos hun thuis noemden.

'Dat is eervol, Akam de krijger,' antwoordde de prinses in erkenning. 'Het doel van een dienaar is altijd duidelijker dan dat van een heerser. Hij kan geen verkeerde doelen stellen. Het enige waar hij zich om hoeft te bekommeren, is raadzaam volgen. Een leider daarentegen kan zich alles tot doel stellen en in die vrijheid loopt zij het risico ook dwaze of duivelse doelen na te streven.'

'God behoede dat u ooit door de duivel zou worden ingepalmd, prinses!'

Een tweede stilte volgde, die werd opgevuld met het geluid van de hoeven van Raksh, het zacht kabbelende water en het ruizen van de wind in de bladeren.

'Ik weet niet wat onze bestemming is, Akam, of wat het is wat we zoeken. Ik weet enkel het pad dat we moeten nemen, en voor nu is dat langs dit water. Het water zal ons leiden naar waar we moeten zijn.'

Toen het gehijg van Raksh zwaarder werd en Akams scherpte afnam, was het tijd om te rusten. Ze zochten een beschutte plek om hun kamp op te slaan. Voor het eerst in haar leven lag de prinses in de buitenlucht. De geur van de grond en de vochtige lucht prikkelden haar zintuigen. De wind onthulde zo nu en dan een stukje maan als de bomen uiteen weken. Genietend van deze dans tussen hemel en aarde viel ze in slaap, denkend aan het verhaal dat haar moeder haar ooit had verteld over het ontstaan van de maan.

De koningin glimlachte alsof er iets in haar werd gekieteld. Een herinnering ver in het verleden, waarvan ze vergeten was dat die bestond. 'Mijn mooiste bloem, de maan was ooit een meisje, bijna zo prachtig als jij, dat straalde als licht. Haar naam was Heyv. Op een dag was haar moeder deeg aan het kneden om brood te bakken in de kleioven. Ze mengde bloem, water, zout en gist om dit uiteindelijk te vormen tot een dunne cirkel en deze tegen de stenen ovenrand aan te bakken.'

'Een oven zoals we hier hebben?' vroeg de prinses, die pas net de taal was meester geworden.

'Nog beter dan de ovens die we hier hebben! Maar, al snel realiseerde de moeder zich dat het deeg te droog zou zijn. Je weet hoe droog brood smaakt, toch, lieverd?'

'Ja, bah! Wanneer het een dag oud is.'

'Juist!'

'En ik wil dat nooit eten, maar dat moet wel van jou, mama. Ik wil het lekkere brood.'

De koningin glimlachte weer. De pure verlangens van haar dochter vulden haar vanbinnen met warmte. 'Ja, ja, dat weet ik, meisje. Maar we hebben het nu over de maan, niet over jouw eetgewoontes.'

De prinses pruilde haar lippen als protest.

'Dus,' zei haar moeder terwijl ze haar aaide. 'Het water was op en de moeder stuurde haar dochter naar de plaatselijke bron om water te halen.'

'Mama, wat is een bron?'

'Ah! Een bron is een plek waar het schoonste water direct uit de berg stroomt. Zie je de berg Korek, daar buiten je raam? Daar zijn vele bronnen waar het zuiverste en koudste water zonder ophouden stroomt. Zelfs mensen die lange tochten maken kunnen rekenen op de vrijgevigheid van de bergen in de Zagros. En tijdens picknicks is er altijd een beekje om het fruit koel te houden.'

De kleine prinses sperde haar ogen open. 'Wauw.' Haar verwondering sloeg snel om in verwarring. 'Maar waarom is de berg dan niet nat?'

De moeder, verrast door de vraag, barstte in lachen uit. 'Misschien kan je dat op een dag zelf ontdekken? Maar laten we Heyv niet vergeten.'

'Het mooie meisje!'

'Juist. Zo mooi zelfs dat ze tijdens haar wandeling naar de bron door iedereen werd aangestaard. Iedereen wilde haar stoppen om een praatje te maken. Ze was zo prachtig dat niemand haar ongemerkt voorbij kon laten lopen. Doordat iedereen met haar wilde praten, kwam ze erg laat terug met het water. Haar moeder stond al die tijd te wachten met het droge deeg aan haar handen. Ze was zo boos dat ze haar dochter met haar deeghanden een enorme klap gaf.'

De koningin liet zien waar Heyv werd geslagen door over het gezicht van haar dochter te wrijven. 'Het deeg plakte op Heyv's gezicht en ze rende huilend weg. In haar verdriet bad ze om *weggebracht te worden van deze plek. En voor de ogen van haar moeder werd Heyv's smeekbede gehoord en steeg ze op om te veranderen in de maan. Daarom is de maan dus gevuld met zoveel vlekken. Dat komt door het deeg.'*

4

Vroeg in de ochtend zag de prinses een kruidnagelappel in de rivier drijven. 'Kijk, Akam!'

Akam was Raksh aan het opzadelen toen de prinses hem riep. Hij snelde naar haar toe. 'Wat is er, prinses?'

Ze wees enthousiast naar de rivier. 'Een kruidnagelappel. Hier zijn geliefden.'

'Het verbaast me dat u weet waar het voor dient, prinses. Tegenwoordig is dit enkel nog in de kleine dorpen gebruikelijk.'

De prinses zat gehurkt aan de rivier en probeerde de appel te pakken, maar hij was te ver weg. 'Heb jij ook een appel gevuld met kruidnagels aan Hanar gegeven?'

Akam keek om zich heen. 'Nee, het is meer iets voor meisjes om op een gepaste manier hun gevoelens kenbaar te maken.' Verderop zag hij een figuur gehurkt bij de rivier zitten. 'Prinses, daar is iemand. Blijf zitten,' fluisterde hij.

De prinses stond gelijk op en zwaaide naar de figuur. 'Waarom laat je je appel in de rivier vallen? Weet je niet dat hij gedroogd het langst behouden blijft? En wat zal je geliefde zeggen als ze weet dat je haar cadeau verloren bent? Of ben je soms verliefd op het water?'

Van dichtbij zagen ze dat het een jongen was, van ongeveer dezelfde leeftijd als de prinses. Zijn rode ogen en de verse tranen die het vuil van zijn gezicht met zich meevoerden, maakten hem een trieste vertoning.

Hij antwoordde met een labiele stem. 'Mijn geliefde is al niet meer op deze aarde. Het waardevolste wat ze mij schonk, geef ik terug aan het water zodat het niet verloren kan gaan als ik mijn wraak uitoefen.'

'En op wie ga je je wreken, als ik vragen mag?' vroeg de prinses belangstellend.

De jongen keek op en verdriet maakte plaats voor woede. 'De koning.'

Akams zwaard had zijn schede al bijna verlaten toen de jongen zich uitsprak, klaar om een einde te maken aan zijn avontuur. 'Nee, Akam!' riep de prinses. 'Ik wil weten wat deze jongen bezielt. Waarom ben je van plan je te wreken op de koning?'

Hij veegde de tranen van zijn gezicht. 'Omdat het zijn schuld is dat mijn geliefde dood is. We kenden elkaar al van jongs af aan en speelden elke dag samen. Maar vanaf dat ik dagelijks de schapen hoedde en zij thuis het huishouden regelde, werd ons verboden met elkaar te spelen. Ik miste haar ontzettend en zij moet hetzelfde gevoeld hebben, want op een dag zag ik haar in het veld. Daar, zonder toeziende ogen, konden onze gevoelens eindelijk loskomen en ik waagde het om haar hand vast te houden, zoals ik zo vaak gedaan had. Maar deze keer was het anders. In de weken die volgden vond ze bijna dagelijks een manier om mij te zien in het veld en we ontdekten elke dag meer van het genot van elkaars lichaam. Haar ouders ontdekten onze escapades en veranderden in beesten. Ze sleepten haar aan haar haren de straat op, en een voor een namen haar broers, neven en ooms net zo veel stenen ter hand tot ze bedekt met bloed en aarde levenloos op de grond lag.'

Akams gedachten dwaalden af naar zijn vrouw. Het idee van een leven zonder haar gaf hem de kans om de pijn van de jongen te voelen. Hij permitteerde het zich niet de vraag te stellen wat hij had gedaan als het zijn dochter was geweest.

De prinses had zulke liefde nooit ervaren, maar begreep dat de jongen een groot lijden voelde. 'Toch had de situatie opgelost kunnen worden als jullie zouden trouwen,' zei ze.

'Er werd mij geen kans gegeven!' barstte hij uit. 'We wilden niks liever dan ons leven met elkaar delen. Maar zodra ze het ontdekten, wierpen ze zich op haar als gewetenloze beesten, alsof ze met stenen en bloedvergieten hun eer konden herstellen!'

De prinses werd geraakt door de rauwe emoties van de jongen. Ze was benieuwd hoe ver hij bereid was te gaan. 'En wat verwacht je van de koning? Haar familie heeft het afgehandeld en ze hebben zelfs nog wat tegoed van jou.'

'Wat voor koning zou dit accepteren!?'

Akam begroef zijn elleboog in de snotterende neus van de jongen. 'Let op je woorden, jongen.'

Hij viel op zijn knieën en ving het bloed uit zijn neus met zijn hand op. 'Ze zeiden dat ze enkel de wetten van de koning opvolgden, maar toen ik vroeg welke wetten, konden ze geen antwoord geven. Toen ik ontsnapte, zwoer ik de koning te vinden en zelf te ontdekken wat hij van deze zaak vindt.'

'En wat als de koning je geen gelijk geeft?' vroeg de prinses.

'Dan richt ik hem persoonlijk te gronde en vernietig ik het privilege van die beesten om de liefde zo te verminken!'

Akam omklemde de schede van zijn zwaard en keek om voor toestemming. De prinses had niet dezelfde eerbied voor de koning als haar beschermer, en ook niet zijn behoefte aan eer. De stijgende storm van woede en verdriet, wanhoop en arrogantie was voor haar een spektakel waar ze van genoot.

'Akam, help onze wreker een handje. Je hebt deze ongevaarlijke jongen onnodig gepijnigd. En bied hem wat eten aan. Hij zal het nodig hebben op zijn queeste.'

Akam zuchtte de spanning van paraatheid van zich af. Hij was ondertussen gewend geraakt aan de standvastige besluiten van de prinses.

De jongen begon gulzig te eten. Zijn tranen begonnen weer te stromen terwijl hij snikte. De woede roerde in zijn hoofd en hij keerde zich naar binnen. De aanstichters van het lot van zijn geliefde klonterden samen totdat hij enkel nog zichzelf zag als haar moordenaar. Zo veranderde de vervloeking van zijn naasten langzaam in een vervloeking van zichzelf.

Hij at het eten op, waste zijn handen en gezicht schoon in de rivier en bedankte de twee voor hun vrijgevigheid. Hij stelde zich voor als Hemin.

'Runak is mijn naam,' zei de prinses.

Hemin glimlachte. 'Net als de prinses!'

'Inderdaad,' zei Runak, terwijl ze zijn lach beantwoordde. 'Net als de prinses.'

Het meisje tegenover hem herinnerde Hemin aan zijn geliefde. Ze leken niet op elkaar. Maar Runaks lach straalde dezelfde warmte uit als de weerkaatste zonnestralen op het gezicht van zijn geliefde.

Ze namen afscheid en vervolgden hun weg. Hemin ging stroomafwaarts richting de stad en Akam en Runak volgens de instructies van de jongen naar zijn dorp. 'Ik wil zien wat voor mensen hun eigen dochter kunnen doden,' had de prinses gezegd na het vertrek van Hemin.

Ze vonden, tot hun verbazing, een dorp dat in geen enkel opzicht in crisis leek te zijn. De mensen waren zelfs opgetogen en druk in de weer. Vrouwen zaten gehurkt in de buitenlucht te kneden. Ze gooiden deeg in een dunne laag over de saj, een bolle ijzeren plaat die werd verwarmd met open vuur, waardoor het deeg in korte tijd tot naan werd omgetoverd.

Een herder maande zijn vee om door te lopen. Hij gebruikte zijn loopstok om de dieren op te zwepen toen hij de nieuwkomers zag. 'Welkom, mijnheer en jongedame.'

'Dank u wel, beste man. Kunt u ons vertellen waarom het hier zo levendig is?' vroeg Akam.

De herder lichtte op. 'Onze dierbare neef Rebin is wedergekeerd. Jullie zien er moe uit. Vanavond zijn jullie onze gasten!'

'Dat is heel aardig,' antwoordde Akam, 'maar we willen u niet tot last zijn.'

'Niks daarvan! De diwan van onze pir, de dorpsoudste, is vrij en altijd beschikbaar voor reizigers zoals u.' Hij gebaarde hen mee te komen.

'Akam, wat is een diwan?' vroeg de prinses.

'De diwan is waar de pir bijeenkomsten organiseert en gasten huisvest. Daar bespreken ze de belangrijkste zaken van het dorp.'

De prinses dacht even na. 'Een beetje zoals een hof?'

Akam keek om naar de prinses. Ze zat op Raksh. 'Juist. Aan het hof worden ook belangrijke zaken besproken.'

Runak schudde haar hoofd. 'Nee, niet daarom.'

'Waarom dan wel, prinses?'

'Omdat ook hier de ene dag iemand ter dood veroordeeld wordt en de andere dag feestgevierd.'

Na het avondmaal verzamelden Akam en de prinses, de teruggekomen neef Rebin, de dorpsoudste en vele dorpelingen in de diwan. Ze zaten op kleurrijke tapijtjes op de grond en ondersteunden zich met net zo kleurrijke kussens. Het gezelschap zat tegen de muren van de diwan en in het midden liepen vrouwen en jonge kinderen heen en weer met kannen water, bakjes zonnebloempitten en noten, en theeglazen. Levendige gesprekken vulden de kamer en de straten om de diwan. Er werd gelachen en gekeuveld, sommigen hadden onderonsjes en weer anderen deden spelletjes met uitgebreide handgebaren.

Het lawaai in de ruimte werd langzaam minder en de pir nam het woord. 'Lieve familieleden en dierbare vrienden. Vandaag is eindelijk wedergekeerd onze reiziger, onze verkenner. De man die de hele wereld heeft gezien en nog altijd zijn eigen, kleine dorp verkiest, Rebin!'

'Lang leve die dappere jongen!' Er klonk een echo in de kamer van de mensen die de dorpsoudste nazeiden.

De pir gebaarde met zijn handen en bedaarde de groep. 'Vertel ons, Rebin. Van alle volkeren die je gezien hebt, welke is je het meest bijgebleven?'

De jonge man streelde zijn rode baard. 'Een mooie vraag inderdaad.' Hij richtte zijn blik tot de groep. 'Broeders en zusters, ik ben voorbij de bescherming van de Zagros getrokken naar plekken met vreemde geuren en vreemde smaken. Plekken waar ze gebouwen hadden met ronde, rode daken, waar ze water over kilometers konden verplaatsen, soms met kanalen van steen, meters boven de grond, en waar hun inwoners een andere huidskleur hebben dan wij. Maar, wat mij het meest is bijgebleven is een klein koninkrijk ver in het westen. Ze leven daar in een stad volledig gebouwd van een prachtig soort steen, genaamd marmer. Ze maken beelden die levensecht lijken—nee, nog echter dan echte mensen. Ze leven daar in een gematigd klimaat, niet zoals bij ons bloedheet in de zomer en ijskoud in de winter. Het leven is ze daar goed gezind.'

'Oké, maar hebben ze ook meisjes?' riep een stem vanuit de gasten.

'Maak jij je eerst maar eens zorgen over je schapen niet kwijtraken voordat je een vrouw probeert te vinden,' zei een ander, gevolgd door gelach.

Rebin ging verder nadat het gelach verstomde. 'En omdat het levensonderhoud niet zo zwaar is, heeft iedereen tijd om zich te bemoeien met de besluiten in hun stad. Om te zorgen dat er geen totale chaos ontstaat, en ze eindeloos kibbelen omdat iedereen een andere mening heeft, hebben ze het volgende bedacht. Na een korte bespreking gaan ze een voor een de voorgelegde opties af. Iedereen steekt de hand op bij hun voorkeur en de optie met de meeste handen omhoog voeren ze uit.'

Een waas van verwarring verspreidde zich door de diwan. Geroezemoes brak los onder de aanhoorders, elk zich wendend tot zijn buur om zich te verzekeren van wat ze hoorden.

'Dus wat de meeste mensen willen? Dat is wat ze doen?' vroeg een verwarde aanwezige.

'Inderdaad! Ze noemen het stemmen en de meeste stemmen bepalen.'

Het rumoer nam weer toe. Mensen spraken hun ongeloof uit en hier en daar brak weer gelach uit. 'Iedereen die morgen niks wil doen en alleen slapen, allemaal handen opsteken!' klonk een van de stemmen erbovenuit. Lachend stak iedereen de hand omhoog. 'En waarom mogen de schapen niet stemmen over wanneer ze geschoren worden?' Ze overtroffen elkaar met steeds gekkere voorstellen, die met groeiend enthousiasme werden ontvangen.

In de commotie wendde Runak zich tot Akam. 'Ik weet wat onze bestemming is,' zei ze onder het rumoer door. 'Vraag hem straks om de weg naar dit koninkrijk.'

'Zoals u wenst,' hij keek naast zich om zeker te zijn dat zijn buur in gesprek was, 'prinses.'

De pir bracht de groep nogmaals tot bedaren. 'Hoe kan het dat zij zulke geweldige bouwwerken konden neerzetten en wijsheden konden vergaren als ze enkel de grillen van de meerderheid volgen, beste Rebin?'

'Dat is simpel! Ze hebben een leger aan slaven om al het werk, van huishoudelijke taken tot het vervaardigen van de bouwwerken, te verrichten!'

'Och, nee.' De pir schudde zijn hoofd in afgunst en richtte zich tot alle aanwezigen. 'Wat een gemis is het voor een man om niet voor zijn eigen gezin te zorgen, of voor een vrouw om haar man niet te eren als hij thuiskomt, of voor de kinderen om de ouders niet in deze verdeling te helpen. Mijn gewaardeerde dorpsgenoten, laat geen spektakel van geschreven woorden en grote gebouwen jullie afleiden van de zaligheid van een rechtschapen leven, geleefd in respect voor je meerderen en zorg voor je naasten. Neem deze les mee en sluit hem goed in jullie harten en dat is om in elke omgeving, in de familie, in de gemeenschap en in een koninkrijk altijd jullie oudere te consulteren en zijn wijsheid te accepteren.'

Instemmende geluiden vulden de kamer.

'Ook als het een vrouw is?' zei een zachte stem. Het jonge meisje, met een dienblad thee in de handen, leek zelf verrast dat haar gedachten in woorden waren omgezet. Haar moeder trok aan haar arm om haar te doen zwijgen.

'Laat het meisje vragen stellen,' zei de pir. 'Dat is hoe kinderen leren. Kindje, de wijze Heer heeft man en vrouw elk hun eigen domein gegeven. En omdat de man natuurlijkerwijs minder door emoties gestuurd wordt en de buitenwereld intrekt, is het aan hem om de verantwoordelijkheid voor het gezin te nemen. Maar, ook hij heeft zijn grenzen. Ik zou bijvoorbeeld nooit mijn vrouw vertellen hoe ze de rijst moet koken. Hahaha.'

De groep deelde in het gelach van de oudste.

'Is dat alles waar vrouwen goed voor zijn? Rijst koken?' Het meisje was nog niet klaar. De hand van de moeder wikkelde zich steviger om de kleine pols en probeerde haar te dwingen om te zitten. Maar het meisje werd enkel standvastiger.

De oude man herstelde zich uit zijn jofele gelach en pinkte een traantje weg. 'Maar meisje, waarom denk je dat het koken van rijst een onbenullige taak is? Menig kind verwelkomt de rijst met groter enthousiasme dan zijn eigen vader. Respecteer jullie beide ouders want elk heeft hun eigen rol te vervullen, net als dat jij ooit een rol te vervullen zal hebben.'

5

De volgende dag vertrokken Akam en de prinses bij dageraad. Ze waren warm onthaald en getrakteerd op vermakelijke gesprekken. Maar toch, of misschien juist daardoor, vertrokken ze met een even vreemd gevoel als waarmee ze arriveerden. Zelfs Akam, wiens maag omdraaide bij de gedachte dat zijn dochter zich zulke onpasselijke avonturen zou permitteren, kon de pijn in de ogen van Hemin niet wegdrukken, niet inruilen voor de eer van de familie. Het zou gastonwaardig zijn geweest naar het verhaal te vragen en ze merkten geen verslagen gezichten op in de groep. Behalve de opgekropte woede in de woorden van het jonge meisje dat tegen de pir inging, was in het dorp, ogenschijnlijk, niks aan de hand.

De prinses en de krijger waren op weg naar Badinan. In deze stad zouden ze in een van de vele theehuizen een gids vinden die hen door de onbekende landen kon begeleiden tot aan waar ze via de zee in het land van slaven en stemmen konden komen, waar de standbeelden leken op mensen en waar de mensen uit steen gehouwen leken. Ze zouden de Zab blijven volgen tot ze de bossen van berg Gara bereikten. Via de Garabossen zouden ze uiteindelijk Badinan bereiken.

Het bos begroette hen met een fris welkom. De dikke begroeiing beschutte hen van de warme middagzon en ze waren omgeven door leven, van de insecten tot elk blad aan de bomen. Beiden waren stil, verzonken in gedachten die een eigen weg aflegden. De beelden, herinneringen en woorden vloeiden door elkaar totdat hun bewustzijn zich verloor in het ritmisch trappelen van Raksh en hun gedachten een ver verschijnsel leken.

De dichte begroeiing eindigde in een open veld. De abrupte overgang bracht hen terug naar de onmiddellijkheid van hun zintuigen. In het midden van het veld stond een grote boom wiens takken wijdverbreid en dichtbegroeid waren, alsof ze een eigen, onbekende wereld huisvestten. Rondom de boom groeide een kolonie paddenstoelen. De bladeren ritselden in de wind en de takken bewogen speels mee, de twee gasten begroetend. Voor het massieve lichaam van de boom, diepgeworteld in de aarde, moest de wind wijken en zich eromheen manoeuvreren.

De prinses en Akam liepen naar dit eeuwenoude wezen. Eenmaal de grens van zijn geworpen schaduw gepasseerd, hoorden ze een sissend geluid. Een slang slibberde om de boom heen, zich langzaam omhoog werkend. Zwarte schubben schraapten over de bruine schors en lieten sporen van zijn buik achter. Zijn gevorkte tong bewoog gretig naar binnen en buiten om de geur van de tjirpende kuikens verstopt in de begroeiing in zich op te nemen.

De prinses werd overweldigd door meelijden bij het besef dat onschuldige dieren op het punt stonden ten prooi te vallen aan dit berekenende roofdier. 'Akam, dood die slang en red de vogels,' fluisterde ze.

De krijger liep met bedachtzame passen naar voren, oplettend nergens op te staan dat geluid kon veroorzaken. Elke stap werd gevolgd door een pauze om zich ervan te verzekeren dat hij niet werd opgemerkt. Hij naderde de boom tot het punt waar zijn zwaard de schors kon raken en wachtte geduldig. De slang bevond zich aan de andere kant, niet wetend wat hem te wachten stond.

Zodra de kop zichtbaar werd, hakte Akam met één zekere slag van zijn kromzwaard de slang in tweeën, lichaam gescheiden van kop. Het dier viel levenloos in het gras terwijl zijn bloed mengde met het rood van de paddenstoelen.

De prinses slaakte een zucht van opluchting.

Een schaduw, groter dan die van de boom, viel over de omgeving. Boven hen hoorden ze het luide klapperen van vleugels. Ze keken op en zagen de contouren van een gigantische vogel, wiens openslaande vleugels van punt tot punt nog verder reikten dan de uiteinden van de uitgespreide takken van de boom. Het wezen had vleugels als een pauw, van koper en groen. Het hield zich stevig vast aan de boom, met machtige klauwen begraven in de schors. Priemende ogen groter dan een mensenhoofd keken hen aandachtig aan. De vleugels vouwden zich op. Zelfs nu nog leek het dier groter dan een volwassen olifant.

Geen van de twee mensen durfde te bewegen, hun zintuigen overladen met onbegrijpelijke indrukken.

Uiteindelijk sprak het wezen met een vrouwelijke stem die leek te echoën in hun gedachten. 'Waardige – krijger. U – heeft mijn jongen gered – van deze – verraderlijke slang.' Het tempo waarop ze haar woorden uitsprak was methodisch en afgewogen. 'Daarmee heeft u ook – de oogsten van de Wereld – voor nu tot lang na de dood van uzelf – en alles wat u kent – veiliggesteld. Wat is het dat ik – Simoergh – verantwoordelijk voor het – reinigen van het land – en het water – bemiddelaar tussen hemel en aarde – voor u kan betekenen ter beloning van – deze heldendaad?'

Akam was overdonderd geweest bij de aanblik van Simoergh. Zijn eerste gedachte was dat dit wezen was gezonden door de magiërs van de koning om hem aan stukken te rijten. Pas toen Simoergh haar intenties uitsprak, kon hij ontspannen. Hij kon niet anders dan ontzag voelen en buigen voordat hij sprak, een betuiging van respect dat tot nu enkel de leden van het koninklijkhuis was toebedeeld. 'Ik ben maar een verlengstuk van de wil van mijn meesteres, o grote Simoergh. Verantwoordelijk voor alles wat u mij toeschrijft, zijn haar wijze bevelen.'

De prinses zag ook voor het eerst in haar leven een buiging voor iemand die geen familie van haar was. De plechtigheid waarmee Akam zijn buiging voltrok, spoorde haar aan om hem te volgen. Zo was zij voor het eerst op gelijke voet met iemand buiten het koninklijkhuis in haar eerbetoon aan een wezen dat haar verstand te boven ging.

Simoergh deed een paar stappen opzij. Bij elke stap begroef ze haar klauwen in de schors van de boom, en uit elke wond die ze sloeg, groeiden verse bloemen. 'Die eigenaardige – menselijke neiging om – anderen verantwoordelijk te maken voor – hun daden – heeft al drie keer de Wereld overleefd – en zal wellicht nog langer – leven dan ik.' Haar enorme lichaam deed de boom schudden en allerlei soorten fruit en zaden vielen op de grond. 'En zo ook weer – vandaag.' In haar toon was geen verwijt te horen, enkel de opmerkzaamheid waarmee mensen de moederlijke liefde van een leeuw voor haar welp of haar brute uiteenrijten van een kalfje aanschouwen. 'Zoals u belieft – krijger, u bent hierbij – verlost van verantwoordelijkheid – voor uw daad.'

Ze richtte zich tot de prinses. 'Wat zal uw beloning zijn –
prinses van het jonge – koninkrijk nabij de Zagros?'

Hoe weet ze wie ik ben, dacht de prinses. Alsof ze haar had
horen denken, vervolgde Simoergh: 'alles waar het – licht op valt
– valt onder mijn domein – en daarmee ook alle – kennis van dat
domein.'

Dankzij haar adellijke afkomst werd Runak altijd in al haar
behoeften en wensen voorzien. Ze was gewend om simpelweg te
nemen wat ze wilde. Maar ze had nooit de openheid ervaren
gevraagd te worden wat ze wilde. Vanaf het eerste moment was
er een vraag die zich aandiende, maar alsof ze er niet naar wilde
luisteren, moest deze zich herhalen totdat hij als enige optie
overbleef, schreeuwend om gehoord te worden.

'Wat is de waarheid van deze wereld?'

Het was een vreemde vraag, niet een vraag die Simoergh
verwachtte. Ze flapperde met haar vleugels om ze te ordenen. Een
windvlaag viel over de twee mensen heen.

'Dat antwoord kan – niet geschonken worden – noch
ontvangen. De waarheid – van deze Wereld is enkel – te ervaren.'

'Waar moet ik heen om het te ervaren?' vroeg de prinses
onmiddellijk.

Simoergh lachte opgetogen. 'Jonge prinses – die op het punt
staat om te leren vragen – uw lot is zo helder als de zon – maar
uw ogen zijn – naïef gericht op het onbekende – en daarin ligt –
uw kracht en uw afgrond.'

Simoergh pauzeerde om de blik van de prinses te observeren.
Ze zag dat het jonge kind elk woord dat zij uitte in zich opnam. En
ook al was het meeste voor haar als een ongrijpbare mist, noch
een antwoord op haar vragen, leek ze niet verward of

teleurgesteld. Ze leek te zoeken, te meten en de woorden uit elkaar te halen om zo de betekenis ervan te vatten. Simoergh zag ook dat de prinses hiertoe nog niet in staat was.

'Ongepast zou het zijn – om u uw weg te laten vervolgen – met lege handen. Neemt u – dit geschenk.'

Een veer landde zachtjes op de handpalm van de prinses. In het licht wisselde het tussen de kleuren koper en groen.

'Op een dag – wanneer het lot heeft bepaald – dat u klaar bent – voor de antwoorden op uw vragen – brand dan deze veer – en ik zal verschijnen om – uw wens te vervullen.'

Runak hield de veer tegen het licht. 'Hoe weet ik wanneer die dag aanbreekt?'

'Wat het lot – heeft bepaald, valt buiten – uw kennis. Als uw inschatting verkeerd is – zal uw kans op het – antwoord voor altijd verloren zijn – want eenmaal geroepen – ben ik verplicht – te antwoorden.'

Simoerghs woorden galmden door Runaks hoofd, terwijl ze zich afvroeg wat het wezen over haar wist, maar niet bekendmaakte. In haar ooghoeken zag ze het zwart en rood van de slang en een intens verdriet om het levenloze lichaam overviel haar. 'Sta mij toe nog één vraag te stellen, wijze Simoergh,' vroeg ze.

Simoergh was haar jongen op haar rug aan het plaatsen en maakte zich klaar om op te stijgen. Ze keek om en herkende de vraag afgetekend op het gezicht van de prinses. 'De wezens van – de duisternis – zullen altijd – de wezens van het licht – proberen te vernietigen – want de duisternis kan alleen bestaan – waar het, het licht opslokt.'

'En wat zijn wij?'

Simoergh spreidde haar grote vleugels en bedekte het veld met haar schaduw. 'De wereld van mensen – en dieren – is niks anders – dan de schaduw van die eeuwige strijd. Vind de duisternis in uzelf – en u zult het licht vinden – prinses van het jonge koninkrijk aan de Zagros.' Ze sloeg krachtig met haar vleugels, blies de twee mensen bijna omver en vloog de lucht in.

Runak bleef achter met enkel de veer in haar handen en een echo van woorden. De ontmoeting had vragen in haar ontketend waarvan ze niet wist dat ze bestonden. De wereld was net ver genoeg onthuld om te beseffen hoeveel er nog verhuld was. Akam had gedurende het gehele gesprek geen woord uit kunnen brengen, zowel uit respect als uit ontzag. De prinses was voor hem net zo heilig als het magische wezen dat hen toesprak. Luisterend naar hun gedachtewisseling voelde hij zich in het bijzijn van verhevenen.

Ze vervolgden hun tocht, verlieten het open veld en baanden zich een weg door de begroeiing. De afstand tot hun gedachten verkleinde en ze vielen stukje voor stukje terug in de stroom van hun bewustzijn totdat ze weer geheel zichzelf waren. De omgeving kreeg haar oorspronkelijke karakter, in plaats van de mogelijke ervaring die het was geworden in hun trance. De gebeurtenissen met de magische Simoergh vervormden, tot ze zich beiden afvroegen wat ze daadwerkelijk hadden meegemaakt en of de amalgamatie van vormen niet een zinspeling van hun gedachten was geweest. Waren de gebeurtenissen werkelijk voltrokken zoals ze herinnerden?

De prinses voelde in haar zak en vond de veer; een tastbare zekerheid waaraan ze de fantasierijke gebeurtenissen die uit haar geheugen leken te snellen, kon ankeren.

6

De stilte van het bos maakte langzaam plaats voor het lawaai van de beschaving. Het geluid van hoeven en schorre mannenstemmen bereikte hen voordat ze de mannen zelf zagen. De weg langs het bos werd veel gebruikt door kooplieden, boeren die hun waar verkochten en gezinnen die inkopen deden. Badinan was gebouwd op een hoog plateau. De stadsmuren waren in de omliggende graslanden al van ver zichtbaar. Haar imposante poorten evenzo.

Ze passeerden het bijeengeraapte mozaïek van handelswaar en voorbijgangers en onderaan het steile pad naar de stadspoort zagen ze pas hoe imposant de muren waren. En hoe zwaar beveiligd.

Akam nam de omgeving in zich op en onthield elke wachter. 'Prinses, u doet er goed aan uw gezicht te bedekken hier. Er zijn hier ongetwijfeld mensen die u zullen herkennen.'

'We zullen de wil van anderen niet over ons laten heersen, Akam.'

De krijger begreep haar punt, maar zijn pragmatische houding gunde hem geen rust. Hij wist ook dat discussie zinloos was. De prinses bezat een gave. Als zij een besluit nam, werd dit als een anker de wereld in geworpen en dwong het anderen zich ernaar te schikken.

Binnen de muren was de stad vol leven. De inwoners waren begonnen aan het tweede deel van hun dag. Als ze na de middagrust terugkeerden naar hun kraampjes, werkten ze door in de zachtere namiddagzon. De geur van gebraden vlees en de stemmen van kooplieden die onuitputtelijk hun waren omriepen, vulden de omgeving. Bij de kraampjes verkochten ze fruit, zoetigheden, bidkralen, kleding en nog veel meer. De melange van schreeuwende verkopers, geroosterde zonnebloempitten en waterpijprook creëerde een overweldigend leven. Het contrast met de stilte van hun reis vereiste enige gewenning.

De twee kochten een zak zonnebloempitten en pistachenoten en liepen door de drukke stad op zoek naar het juiste theehuis. Ze kwamen een menigte tegen die geboeid stond te luisteren naar een oude man op een verhoging. Hij lag comfortabel op een tapijtje, zijn hoofd rustte in zijn ene hand en in zijn andere hand hield hij een waterpijp, in de volksmond nergele genaamd. Zijn gezicht was half zichtbaar vanwege de grote witte baard en tulband op zijn hoofd. De man nam een grote teug en blies genoeg rook uit om zijn gezicht even volledig te verhullen. 'Vandaag wil ik met jullie spreken over moed.'

Hij nam een pauze totdat het licht in de ogen van zijn toehoorders aangaf dat ze hun associaties met het woord moed hadden opgehaald uit hun herinneringen. 'Wat is moed, jongelingen?' vroeg hij en nam een hijs, in afwachting van hun reactie.

Het geluid van de menigte bleef een geroezemoes onder elkaar, voordat het weer werd opgeslokt door de geluiden van de drukke markt.

De oude man keek verbaasd. 'Waar blijft jullie antwoord, jongelingen? Of zijn jullie niet alleen de betekenis van het woord bijster, maar ook de moed zelve?'

De discussie onder de menigte ging verder. Uiteindelijk rees een voorzichtige stem op. 'Wijze heer, elke dag spiegelt u ons debatten voor met zulke vragen, enkel om ons met uw sluwe tong te lokken naar de uitkomst die u vanaf het begin al in gedachten had.' Met de ogen en aandacht volledig op hem gericht werd hij zekerder en luider. 'Wij waarderen uw wijsheden, maar waarom geeft u ons niet uw wijze les zonder ons in rondjes te laten lopen? Onze vrouwen en ploegen wacht op ons en onze laatkomerij behaagt noch hen noch de oogst. Dus, vertelt u ons uw antwoord, zodat we gevuld met deze nieuwe wijsheid meteen deze moed kunnen toepassen.'

Er zoemde instemming. Het verzoek werd in de reacties van het publiek gespiegeld en herhaald totdat ze in eenheid een antwoord verlangden.

De bebaarde man brak uit in een bulderlach. 'En zult u er dan ook tevreden mee zijn als ik vanavond bij uw geliefde lig?'

Verwarring verspreidde door de menigte.

'En als ik u vertel over de zachtheid van haar huid, de zoetheid van haar kus en de minnende woorden die zij mij toespeelde? Zult u dan met mijn antwoord net zo vervuld zijn als wanneer u de nacht zelf met haar had doorgebracht? Of zou u mij een dief noemen en mij verachten voor het afnemen van de zalige ontdekking van haar lichaam door u te vertellen over zulks een magische nacht?'

De aanhoorders keken beduusd naar elkaar en ze konden niet anders dan het eerdere voorstel van tafel te vegen.

'Kom nu, jongelingen, wat jullie niet aan een ander zouden toelaten in de liefde, laat dit dan ook niet aan een ander toe in de geest. Laten we als minnaars de spelen van de geest bedrijven zodat zij haar giften prijsgeeft.'

Hij nam weer een hijs van de nergele en wachtte geduldig, totdat hij ervan verzekerd was dat alle hoofden tot hem gericht waren. 'Dus ik vraag u nogmaals: wat is moed?'

Geroerd door het betoog, reageerde een van de aanwezigen: 'Moedig is degene die nooit bang is, die volhardt en zich door niets uit de wind laat slaan, degene die de dood in de ogen kijkt en lacht.'

De groep knikte instemmend.

Ook hun onderwijzer knikte, terwijl hij opnieuw rook uitblies. 'Zo iemand is inderdaad moedig te noemen. Maar is degene die ondanks zijn angst volhardt in zijn queeste niet nog moediger te noemen? Degene met angst heeft een extra obstakel te overwinnen, namelijk zichzelf.'

De mensen richtten zich weer tot elkaar, terwijl ze bediscussieerden of de woorden van de wijsgeer zinnig waren. De man zelf keek naar de menigte en zag achterin een bewapende man naast een paard waarop een jonge meid zat. 'Krijger met de machtige ros! Het ziet ernaar uit dat mijn woorden niet overtuigend zijn. U beschikt duidelijk over meer in uw arsenaal dan enkel woorden. Vertelt u ons eens of de moedigen zonder angst de dood aankijken.'

Akam was verbaasd dat hij er zo duidelijk uitgepikt werd en tegelijkertijd ongerust. Hij had de hoeveelheid bewakers in zijn blikveld tot nu toe nauwlettend in de gaten gehouden—en zij hen ook. Maar de vraagstelling van de wijsgeer nodigde hem uit om zijn ervaringen om te zetten in woorden. 'Zij die de dood niet vrezen, aarzelen niet om haar boezem in te rennen. Ik weet niet of dat ze minder moedig maakt, maar alleen de levenden kunnen moedig zijn.'

Akams antwoord bracht een directer karakter aan de hoofdelijke exercitie, waarvoor de oude man hem bedankte.

'Misschien is het dan een wijze volharding? Moedig is degene die met wijsheid doorzet?' zei een ander in een poging de twee uitspraken samen te brengen.

'Een uitstekende toevoeging,' reageerde de wijsgeer. 'Maar we zijn niet enkel op zoek naar moed op het strijdveld, maar in alle facetten van het leven. Is een rijk man moedig als hij wijs volhardt in het spenderen van zijn fortuin?'

De man ging door met zijn betoog, terwijl Akam zich loswrikte van het innemende karakter van deze vragen. Tot zijn schrik hadden de wachters zich, in dat korte moment van onoplettendheid, handig verplaatst en hun uitwegen geblokkeerd. Zeven soldaten stonden in de doorgangen tussen de menigte en nog eens twee stonden achter hen. Een gladgeschoren man, ook bewapend, liep hun kant op. De commandant bewoog met een rustig tempo en zonder spanning. Ontsnappen zonder gevecht was niet mogelijk, schatte Akam in.

'Wij zijn vereerd en gezegend met een verrassing als deze, Uwe Majesteit. Om u te mogen verwelkomen in onze nederige stad, de prinses en de kampioen van de koning, is een genoegen dat ons niet waardig is. Agha Simko ontvangt jullie graag in zijn bescheiden onderkomen voor de avond, als het u zou goeddunken.'

Onder deze sluier van gastvrijheid school een dwingende dreiging. De situatie was precair en dat ze zo snel ontdekt waren, moest betekenen dat ze verwacht werden. Akam vervloekte zichzelf voor het laten verslappen van zijn aandacht door woordspelingen.

Voordat hij kon bepalen hoe hij zou reageren, zei de prinses: 'Dank u wel, beste man. Het zijn juist wij die vereerd zijn om zo gastvrij ontvangen te worden in het domein van agha Simko.'

Akam volgde haar voorbeeld. 'U doet ons een groot genoegen.' Het besluit was voor hem genomen.

De escort begeleidde ze naar een rustiger gebied in de stad. De huizen hadden ijzeren voordeuren met elk hun eigen patroon en kleur. Gepotte bloemen van verscheidene kleuren fleurden de ingang op. De muren daarentegen verraadden eenzelfde ontwerper door hun uniforme, vaalwitte kleur en hoogte.

Aangekomen bij het grote huis van de agha werd Akam gevraagd om zijn wapens in te leveren. 'Enkel een formaliteit kan ik u verzekeren, mijnheer,' zei de commandant.

De krijger aarzelde en keek naar zijn meesteres voor advies.

'De wensen van de gastheer horen gerespecteerd te worden. En met zulke wachters om ons heen kunnen we vast een moment rust nemen, beste Akam.'

De krijger ontdeed zich met tegenzin van zijn schild, zwaard en speer. Met de afstand van elk attribuut voelde hij zijn vastberadenheid wegebben. Hij dacht dat het verlies van zijn wapens hem zich zwakker deed voelen, maar in werkelijkheid was het, het onderdrukken van zijn ware wens die ervoor zorgde dat de levenskracht uit hem weggezogen werd. Zodra hij zijn laatste wapen losliet, voelde hij een klap tegen zijn achterhoofd. Het werd zwart voor zijn ogen.

De prinses zag haar veiligheid in duizend stukken vallen. Bij het neervallen van Akam raakten haar hart en lichaam in paniek. Ze besefte dat ze zich onschendbaar waande vanwege de veiligheid die Akam haar bood. Ze had naïef geloofd dat die veiligheid een facet van de wereld was, in plaats van een fragiel gevolg van haar samenzijn met Akam. Ze barstte in tranen uit en krijste: 'Laat hem los!'

De stem van de prinses had een dwingend en vastberaden karakter die het in twijfel trekken van haar bevel als een overtreding van het geweten liet aanvoelen. De mannen voelden zich geroepen om hun doelwit met rust te laten. Ze trokken hun handen van Akam af en wachtten af wat van hen verwacht werd.

Met een rood aangelopen gezicht commandeerde Runak de mannen. 'Ga weg en laat ons met rust!'

'Blijf staan, mannen!' riep een bekende stem vanuit de tuin.

De prinses keek op en zag haar oudste broer. Vanuit het huis liep hij met een paar mannen hun richting op.

'Verzaak jullie plicht niet. Jullie moeten de prinses beschermen, niet gehoorzamen,' zei hij kalm. Hij bracht de mannen daarmee terug bij hun originele plicht. 'Neem deze verrader mee en laat ons alleen.'

De prinses was gechoqueerd dat haar broer hen al had gevonden en realiseerde zich dat ze haar eigen avontuur de das om had gedaan. 'Waarom ben je hier, Rezan?' vroeg ze wanhopig.

Hij sloeg zijn arm om haar heen. 'Runak, mijn lieve kleine zus. We waren zo bezorgd om je. Van het ene onheil werd je het andere ingesleurd. Godzijdank ben je veilig. Ik hoop dat die schoft je niets heeft aangedaan.'

Ze duwde zijn arm weg. 'Ik ben zo veilig als maar kan, Rezan. Akam beschermde mij. Hij verdient dit niet!'

Rezans blijdschap sloeg om in frustratie. 'Wat moeten we dan? Het risico lopen dat hij doordraait? Het is een gek die zijn eigen vrouw en kind verlaat en een prinses ontvoert. God mag weten waar hij nog meer toe in staat is!'

'Hij heeft mij niet ontvoerd! Ik heb hem bevolen mij mee te nemen!'

Rezan bestudeerde het gezicht van zijn jongere zus om te begrijpen waarom ze Akam verdedigde. Hij zag oprecht verdriet en een heldere geest. 'Toch had hij niet mogen doen wat hij gedaan heeft,' zei hij, in een poging de discussie te beëindigen. 'Morgen reizen we terug naar huis. Iedereen zal enorm opgelucht zijn om je weer te zien. De koning en de koningin maken zich veel zorgen.'

'Ik ben niet van plan om naar huis te gaan, Rezan. Laat Akam vrij!' commandeerde Runak.

Haar stem was gevuld met venijn, maar Rezan hoorde de wanhoop die de wachters niet konden ontcijferen. Hij was niet zo makkelijk te overreden. 'Zusje, dat is niet hoe je tegen je oudere broer spreekt.' Hij lachte liefkozend. 'Je bent overduidelijk vermoeid en je ontvoerder heeft je in de war gebracht. Rust vanavond uit, dan zul je je morgen beter voelen. En ik beloof dat we goed voor hem zorgen.' Zijn stem was zacht, maar hij was onvermurwbaar. Hij legde zijn arm om haar schouder en begeleidde haar richting het huis.

Runak wist dat ze haar oudere broer niet zou kunnen overreden en liet zich meenemen, wetende dat Akam als haar ontvoerder werd gezien, zou hij gestraft worden voor iedere volgende ongehoorzaamheid vanuit haar.

7

De prinses werd geïnstalleerd in een eigen kamer om te rusten en zich klaar te maken voor de avond. Ondanks de comfortabele en luxe kamer voelde ze zich als een gevangene, kijkend door de tralies van geaccepteerd handelen. Ze realiseerde zich dat ze niet was weggelopen van een plek, maar van een verwachting: een verwachting van hoe ze zich moest gedragen, wie ze moest zijn, wat ze moest willen.

Runak was altijd tamelijk vrij in hoe ze haar dagen spendeerde, maar de verwachtingen waren altijd aanwezig: in hoe haar ouders tegen haar spraken, hoe haar leraren haar onderwezen en hoe mensen naar haar keken. Alsof ze op de loer lagen, wachtend op het juiste moment, als een roofdier in de schaduwen. Bij de aankondiging dat zij de troon zou erven was het roofdier uit de schaduw getreden, het had zijn tanden ontbloot en Runak voelde hoe het klaarstond om haar te verorberen. Dat was waaraan zij probeerde te ontkomen.

Naïef dacht ze door het verlaten van het paleis bevrijd te zijn van die verwachtingen. Korte tijd was dat gelukt, meer door toeval dan door wijsheid. Vrijheid bleek makkelijk te winnen, maar moeilijk te behouden. Uitgeblust en verslagen zakte ze op het bed en viel in slaap.

Die avond waren zij en haar broer te gast bij het banket van de agha. Er hing een feestelijke sfeer en er was eten in overvloed. De prinses speelde bedaard de rol van een goede gast. Ze reageerde beleefd op vragen en onderhield levendige gesprekken. Niemand vroeg haar wat haar hiernaartoe had geleid, een vraag die met opzet vermeden werd om haar broer niet in verlegenheid te brengen.

Gedurende de avond raakte de agha steeds meer gecharmeerd van het jonge meisje dat met de elegantie van een koningin gesprekken hield met viziers, vrouwen en mannen van adellijke statuur. Hij kon het niet laten haar te begeren. De prinses had zijn blik meermalen opgevangen. Het was een soort blik waar ze vaker een glimp van had gezien, glimpen die haar nieuwsgierigheid wekten. Maar ze waren zo vluchtig dat ze nooit kon uitmaken wat ze inhielden. Deze keer was het anders.

De agha was groot en zijn buik goed gevuld. Zijn stem was ruw als de baard die zijn gezicht bedekte. Zelfs als hij niet aan het woord was, drukte hij een stempel op de ruimte met zijn zware ademhaling en scherpe geur. Een gebogen dolk, versierd met edelstenen, stak boven de band van zijn harembroek uit en deze bewoog telkens als hij lachte samen met zijn buik op en neer. Voor het eerst sprak hij zijn gasten gezamenlijk toe. 'Vrienden, jullie eren mij met jullie aanwezigheid. Maar wij hebben vandaag een nog eervollere gast dan jullie respectabele mensen.'

Zijn wijde blik waarmee hij zijn aura door de hele ruimte liet stromen, concentreerde zich op Runak. 'Prinses Runak, ik heb begrepen dat u eerste in lijn bent om de troon op te volgen. Een ongebruikelijk en onbegrijpelijk besluit voor een simpele man als ik. Zeker in de wetenschap dat de heldhaftige en kundige Rezan, die ons ook vereerd met zijn aanwezigheid, uw oudste broer is. Maar koning Sherwan is een wijs man, zeker wijzer dan wie ook in deze kamer en daarom ben ik nieuwsgierig geworden naar uw kundigheid opdat we wellicht wat kunnen zien van wat uw vader ziet.'

Runak zag alle hoofden naar haar draaien en stapte, ondanks het ongemakkelijke gevoel, in haar rol. 'Natuurlijk, beste agha. Ik hoop te kunnen voldoen aan uw verwachtingen en die van uw gewaardeerde gasten.'

'Uitstekend!' Simko klapte in zijn handen. 'Laten we naar het hof lopen. Daar wacht een eigenaardige kwestie op ons, en we zijn allemaal benieuwd wat de prinses ervan maakt.'

Aan het hof zat de prinses naast de agha. Van dichtbij was zijn geur nog bedwelmender en leken zijn ogen haar te willen binnendringen. Runak voelde het ongemak in elke vezel van haar lichaam.

Vier mannen kwamen de hal in. De oudste van hen stapte naar voren. 'Agha Simko, ik vraag om uw rechtvaardige besluit om deze drie dieven te berechten en hen mij te laten compenseren voor het leed dat zij mij hebben aangedaan.' De man wees naar de drie anderen. Hij was ouder dan de drie en sober gekleed.

'Wij zijn geen dieven!' riep een van hen.

'Het zijn juist wij die bestolen zijn!' riep een ander.

'Wij zijn drie eervolle broers en hebben zijn ezel niet eens gezien!' riep de derde.

De oude man draaide zich om. 'Hoe wisten jullie dan meteen dat mijn ezel blind was aan één oog, een tand miste en zelfs wat hij vervoerde!?'

De mannen stonden met gebalde vuisten tegenover hem. 'Hoe durf je ons zo te beschuldigen!'

'Kalm aan, kalm aan,' zei Simko. 'Jongemannen, vertel ons eerst eens hoe jullie zo veel over deze ezel wisten zonder het te zien?'

'Nou, agha Simko, wij kwamen deze man tegen op de terugweg, maar ik had al op de heenweg gezien dat het gras maar aan één kant van het pad was weggegeten,' zei de oudste.

'En ik zag dat er bij elke plek waar gras was afgebeten er nog wat sprieten over waren, daarom wist ik dat hij een tand miste,' zei de middelste.

'En ik zag dat op een bepaalde plek waar de ezel had gelegen het bezaaid was met vliegen aan de rechterkant en met mieren aan de linker. Daarom wist ik wat de ezel vervoerde: dadelsiroop en graan.'

Agha Simko lachte en keek naar de prinses. 'Wat denkt u, prinses Runak?'

De prinses had geboeid geluisterd en was de bedwelmende geur van Simko even vergeten. De opluchting was maar van korte duur. 'Het lijkt mij geloofwaardig, maar ze zeiden dat ze het op de heenweg zagen. Waar waren ze naar op weg?' Haar antwoord was meer gericht aan Simko dan aan de mannen.

'Een uitstekende vraag,' zei hij en keek naar de mannen. 'Waar waren jullie naar onderweg?'

De drie broers keken elkaar aan en besloten met een knik de waarheid te vertellen.

'Onze vader is jaren geleden gestorven en liet ons drie zakken geld na dat we alleen mochten gebruiken als ons eigen geld op was.'

'Dit jaar gaan we alle drie trouwen en om dit te bekostigen gingen we naar de plek waar alles begraven lag.'

'Maar toen we daar aankwamen, vonden we maar twee zakken met geld!'

De prinses voelde Simko's blik branden en voelde zich gedwongen te antwoorden. 'Dus jullie zijn bestolen. Hebben jullie een dader in gedachten?'

'Ja, prinses.'

'We hebben inderdaad een dader in gedachten.'

'Het is één van ons!'

Simko nam weer het woord. 'Voordat we verder gaan. Jullie zijn eerst naar een rechter gegaan om jullie onenigheid te beslechten. Wat is daarvan terechtgekomen?'

'O, de rechter voerde ons hondenvlees.'

'En zijn brood was onrein.'

'Er was nog iets anders dat ik liever niet herhaal in dit respectabele gezelschap.'

Simko gebaarde om de rechter naar voren te laten komen. Een oude man met rood doorlopen ogen liep de zaal in.

'Is het waar dat je deze drie broers hondenvlees en onrein brood hebt gegeven, beste rechter?'

De oude man kon zijn blik niet omhoog richten en bleef gebogen staan. 'Ja, mijnheer, maar niet expres. Zij kwamen naar mij met de kwestie van de ezel rond het middageten, dus ik nodigde ze uit. Zodra de tafel was gedekt riepen ze onmiddellijk uit dat het hondenvlees was en het brood onrein. Het leek wel alsof ze zichzelf niet in de hand hadden en impulsieve waarzeggers waren.'

'Wat was het andere dat ze zeiden?' zei agha Simko.

De oude man aarzelde om te antwoorden, maar Simko maande hem door te gaan. 'Dat ik niet mijn vaders zoon ben, dat ik een bastaard ben.' De rechter begon te snikken.

'En? Hadden ze hierin ook gelijk?'

'Ja,' zei de man tussen het snikken door. 'Mijn bakker gaf toe het graan gegroeid te hebben op een oude begraafplaats, de kok gaf toe hondenvlees gebruikt te hebben en mijn moeder...' Hij begroef zijn gezicht in zijn handen en begon harder te huilen.

'Vertel ons wat je moeder zei,' vroeg Simko, nu duidelijk geïrriteerd.

'Mijn moeder zei dat mijn vader geen kinderen kon krijgen en dat ik de zoon van een rondtrekkende derwisj ben die een nacht bij ons te gast was.'

Simko wendde zich weer tot Runak. Ze voelde zijn ogen over haar huid kruipen. De stemmen van de mensen in de zaal klonken dof, verdrongen door de gloeiende aanwezigheid van zijn blik. Het bedwelmde haar poriën, als zwarte rook die een opening zocht om binnen te dringen.

'En, prinses, wat denkt...'

Runak sprong op. Ze kon de druk niet meer aan. 'Het spijt me, heer. Ik ben ziek.' Ze liep zonder op antwoord te wachten naar haar kamer. Pas daar, met de deuren dicht, vond ze rust. Daar kon ze het bedwelmende gevoel van zich afzetten en verdween de onrust in haar maag.

'Excuseert u de prinses, agha Simko,' zei Rezan nadat ze weg was. 'Ze heeft een zware reis achter de rug. Staat u mij toe om in haar plaats te oordelen.'

Van Simko's nieuwsgierigheid was weinig over. 'Natuurlijk, beste Rezan. U bent immers van hetzelfde bloed en vlees,' zei hij verveeld.

De prins nam de plek tussen de broers en Simko in. Hij stond in het middelpunt en richtte zich tot de zaal. 'Als deze broers daadwerkelijk impulsieve waarzeggers zijn, dan zullen we na dit verhaal weten wie van hen de dief is.'

Het publiek was onmiddellijk geboeid en luisterende aandachtig.

'Beste mannen, er was eens een dorp waar een jongen en een meisje verliefd waren op elkaar. Toen de jongen oud genoeg was, vroeg hij om haar hand, maar de familie was niet tevreden over hem. Keer op keer weigerden ze zijn aanzoeken. Dus hij probeerde het op een andere manier. Hij vroeg het meisje om met hem weg te lopen, maar ze weigerde omdat dat schande zou brengen aan haar familie. "Maar," zei ze ook, "als ik ooit uitgehuwelijkt word, beloof ik op mijn huwelijksnacht naar buiten te sluipen en alsnog met jou weg te lopen."

Na een tijd vond haar familie een geschikte partner en trouwde ze met hem. Ze was haar belofte niet vergeten en sloop 's nachts weg naar de bron waar ze haar geliefde zou ontmoeten. Onderweg werd ze lastiggevallen door een dief die om haar juwelen wilde zodat hij zijn gezin kon voeden. Het meisje legde de situatie uit en beloofde terug te komen nadat ze haar geliefde had gezien en de dief liet haar door.

Haar geliefde wachtte haar op bij de bron, maar toen ze aankwam, zei hij dat zij nu als een zus voor hem is. Ze is immers getrouwd en het zou oneervol zijn om nu nog met haar weg te lopen. Het meisje liep weer terug, maar ging eerst langs de dief om ook die belofte te volbrengen. "Bij God! Waarom zou hij meer man zijn dan ik?" zei hij toen ze uitlegde wat er was gebeurd. "Al zit mijn gezin nog een week zonder eten, houd je goud maar. Ga naar huis!"

Abrupt stopte Rezan met praten, wetende dat men benieuwd zou zijn naar wat haar echtgenoot zou zeggen.

'Wat een eervolle man was haar oude geliefde,' zei de oudste broer.

'Wat een eervolle man bleek de dief te zijn,' zei de middelste broer.

'Wat een idioot. Als ik de dief was had ik haar goud en haar leugenachtige zelf mee geroofd,' zei de jongste broer.

Rezan keek met een grijns om naar agha Simko. 'Daar hebben we onze dief, agha. De man die niet kan wachten tot anderen een fout begaan zodat hij zijn masker van moraliteit kan weggooien en zich toch superieur voelen.'

II
Vredeshoop

8

De volgende dag vertrokken de prinses en haar broer met een escort terug naar huis, de plek die ze weken geleden was ontvlucht. Verzonken in gedachten werd het gemoed van de prinses zwaarder en zwaarder. De koets waar ze in reisde bood haar tenminste het comfort van het buitensluiten van de realiteit.

Haar broer probeerde haar op te vrolijken, maar hij kreeg geen reactie. Rezan bleef opgewekt aan de oppervlakte, maar onder zijn broederlijke enthousiasme broeide zijn onbegrip, dat al snel uitgroeide tot wrok; waarom moet je altijd zo ondankbaar zijn? Een gedachte die hij niet uitsprak, terwijl hij vertelde over hoe blij hun ouders zouden zijn wanneer ze terug was.

De prinses merkte de verandering in zijn stem, de geforceerde toon, de rek in de pauzes tussen zijn pogingen om haar stemming te veranderen. Bovenal zag ze zijn blik. Een blik die niet haar zag, maar wat zij zou moeten zijn. Een blik die haar ware zelf sluierde onder de last van verwachtingen en onvermoeibaar poogde haar in die mal te drukken.

'Heb ik je ooit verteld over de armoedige herder die zijn lot probeerde te verbeteren?' vroeg hij in een nieuwe poging haar stilte te doorbreken. Rezan was dol op verhalen, en de menigte was net zo dol op zijn verhalen aanhoren als hij dol op ze te vertellen.

'Nee,' antwoordde zijn zusje plat en hield haar blik naar buiten gericht.

Rezan leunde naar voren. 'Er was dus eens een armoedige herder. Elke dag bracht hij zwoegend door in de hete zon, maar ondanks zijn harde werk bleef hij arm. Op een dag ontmoette hij een man te paard. De man was bekleed met juwelen en dure stoffen. De herder keek met nijd naar deze rijkaard en vroeg hoe hij aan zulke rijkdommen was gekomen. "Elke dag werk ik van zonsopgang tot zonsondergang, maar ik blijf arm. Wat is uw geheim?" vroeg hij.'

Rezan veegde over zijn voorhoofd alsof hij het zweet van de herder afveegde en veranderde dan gelijk van karakter. 'De man op het paard was zelfverzekerd en antwoordde met een vinger omhoog, "Het is heel simpel. Jouw peri, de fee verantwoordelijk voor jouw geluk, slaapt waarschijnlijk. Je moet naar het land der peri's afreizen en haar wakker maken. Dan zullen de rijkdommen makkelijk voor je stromen."

De herder pakte direct zijn biezen en vertrok naar het land der peri's. Hij reisde diep de bergen in waar hij werd aangevallen door een beer. De herder overtuigde de beer om hem met rust te laten, omdat hij op weg was naar het land der peri's voor belangrijke zaken. De beer liet hem gaan, op voorwaarde dat hij een boodschap zou overbrengen aan de peri van de herder. "Wat ik ook doe, ik blijf maar last hebben van aanhoudende buikpijn. Kun je vragen wat ik daaraan kan doen?" Hoor je dat, Runak? De beer had een verzoek.'

Zijn zusje staarde nog altijd ongeroerd uit het raam. 'Ja, ik hoorde het. De beer wilde van zijn buikpijn af.'

'"Natuurlijk kan ik dat!"' Rezan ging enthousiast verder. 'Zei de herder en hij ging weer op pad. Hij ging voorbij de bergen en ontmoette een boer die al net zo geïntrigeerd was door zijn bestemming. De boer vroeg, "kun je aan jouw peri vragen waarom op dit grote stuk van mijn land niks groeit? Dan ben je welkom om vanavond te rusten in mijn huis en voorraden aan te vullen voor je reis."

De herder stemde in en de volgende dag trok hij bevoorraad verder. Hij reisde zo ver dat hij zelfs een nieuw koninkrijk bereikte. Toen de sultan van deze grote stad leerde van een onbekende reiziger werd de vreemdeling meteen opgetrommeld om zichzelf uit te leggen. Ook deze sultan had een verzoek aan de herder. "Vraag aan je peri waarom ik nooit win in oorlog. Mijn leger is groot en sterk en mijn land rijk, maar toch verlies ik elke strijd. Als je deze vraag kunt stellen, begeleiden mijn beste ruiters je tot aan de zee."

De herder stemde in en ze gingen direct op pad. Uiteindelijk kwamen ze bij een grote zee. Het land der peri's was aan de overkant, maar de herder had geen manier om daar te komen. Plots verscheen een grote vis uit het water en deze vroeg de herder waarom hij zo zat te pruilen.

"Aan de andere kant van dit water is mijn peri. Ik moet haar wakker maken zodat ze voor mij aan het werk kan, anders blijf ik voor altijd arm. Maar ik heb geen boot om de overtocht te maken en ik kan niet zwemmen."

De vis had daar de perfecte oplossing voor, want hij kon hem wel even naar de overkant brengen. "Maar, alleen als je aan je peri vraagt wat ik tegen mijn hoofdpijn kan doen. Het houdt maar niet op, wat ik ook probeer."

De herder klom op de vis en werd afgezet aan de andere kant van het water. Hier vond hij de peri's rondvliegen en druk in de weer om voor mensen rijkdommen en wensen te laten uitkomen. De herder zocht een tijdje en vond uiteindelijk zijn peri ergens in een struik te slapen. "Mijn God, dat is haar echt!" riep hij uit.

Hij maakte haar wakker en berispte haar om haar luiheid. "Je hebt helemaal gelijk," zei de peri verontschuldigend. "Ik ga meteen voor je aan de slag."

De herder verbleef een tijdje bij zijn peri en gaf de vragen door die hem waren toevertrouwd.

"Jouw rijkdommen wachten zeker op jou bij je terugkeer," zei ze uiteindelijk en zond hem weer op pad.

De herder vertrok met hoge moed weer richting de kust. Eindelijk zal ik ook kunnen genieten van een rijk leven, dacht hij. Hij kwam aan bij de vis die hem enthousiast begroette en vroeg hoe het ging.

"Geweldig! Mijn peri is aan de slag en mijn rijkdommen wachten op mij."

"En heb je ook gevraagd naar mijn hoofdpijn?"

"Maar natuurlijk. Jouw hoofdpijn komt door twee grote juwelen die vastzitten tussen jouw kieuwen. Als je deze eruit haalt zul je verlost zijn van je hoofdpijn."

De vis haalde de twee glinsterende diamanten uit zijn kieuwen en was onmiddellijk genezen van zijn hoofdpijn.

"Wil jij deze diamanten meenemen?" bood de vis aan bij hun afscheid. "Ik heb er toch niets aan."

"Nee dank je wel," antwoordde de herder. "Mijn rijkdommen wachten op mij. Ik moet snel naar huis!"

De sultan verwelkomde hem en vroeg ook of hij zich aan zijn afspraak had gehouden.

"Maar natuurlijk en mijn peri wist precies waarom u blijft verliezen. U doet u voor als man terwijl u eigenlijk een vrouw bent. Als u een minnaar neemt, zult u al uw veldslagen winnen."

De sultan ontdeed zich van haar mannelijke kledij, onthulde zich als een vrouw van duizelingwekkende schoonheid en zei: "Neem je plek naast mij als mijn echtgenoot en samen zullen we de wereld veroveren."

"Nee, dank u," reageerde de herder. "Weldra zullen al mijn rijkdommen mij toekomen, dus ik moet er echt vandoor."'

Rezan nam een pauze van zijn uitbundige vertelling en nam een slok water. Hij hoopte op een reactie, maar Runak bleef ongeïnteresseerd naar buiten kijken. Ze zou nu toch langzamerhand de les door moeten hebben. Hij besloot door te gaan. Ze zou het begrijpen als het verhaal eenmaal afliep.

Hij legde zijn kruik weg en ging verder. 'Uiteindelijk bereikte hij de boer. Ook hij was dolbenieuwd naar zijn verhalen en of er een kuur was voor zijn dorre land.

"Het antwoord is simpel," zei de herder. "Op het stuk land waar niks groeit, ligt een schatkist begraven. Als je deze opgraaft, zal het land weer gewassen kunnen laten groeien."

De boer ging direct aan de slag en vond een schatkist vol met goud en juwelen. Hij was zo dankbaar dat hij de herder de helft van zijn vondst en vruchtbare land aanbood.

"Nee, nee, dank je wel. Mijn peri is hard aan het werk en mijn rijkdommen zullen er snel aan komen. Ik moet er echt vandoor, anders mis ik ze misschien."

Bijna thuis liep hij de beer tegen het lijf en bracht een tijdje met hem door. "Wat een ongelooflijke avonturen heb jij beleefd,' zei de beer. 'Maar vertel eens, heb je je peri ook gevraagd wat ik kan doen tegen mijn buikpijn?"

De herder keek niet opgetogen. "Ja, ik heb het gevraagd, maar het zal niet makkelijk zijn, helaas."'

Runak zuchtte, wetende dat de ontknoping eraan kwam. 'Ik ben niet zoals jullie, Rezan,' zei ze, haar ogen nog steeds op de weg gericht. 'Ik heb er niet om gevraagd om de troon op te volgen, om getrouwd te worden, om aangestaard te worden door iedereen, alsof ze met een breekbaar porseleinen erfstuk te maken hebben.'

Haar broer trok een gezicht vol meelijden. 'Zusje, we kiezen ons lot niet, maar we dragen er wel verantwoordelijkheid voor. Het enige wat we kunnen doen, is dankbaar zijn voor het leven dat we hebben, zeker ons leven. De mensen hebben ons nodig. Zonder ons raken ze verdwaald. Vader, wijs als hij is, heeft ervoor gekozen om jou hen te laten leiden. Een grotere eer bestaat niet.'

De prinses glimlachte magertjes. Hij kon het niet laten om dat woord te laten vallen. Dankbaarheid. 'Rezan, heb je mij gevraagd waarom ik weg ben gegaan?'

'Omdat die gek je bedreigde en je geen keus liet! Zelfs nu zet hij je op tegen je eigen familie.'

Runak draaide haar hoofd en keek haar broer voor het eerst aan. 'Ik was degene die hem overtuigde en manipuleerde!' snauwde ze, alsof ze een onrecht rechtzette.

'Zeg zulke dingen niet, zusje.'

'Je bent niet geïnteresseerd in mij, enkel in jouw idealen.'

Nu keken ze allebei naar buiten, alsof hun hoofden als magneten uit elkaar werden geduwd.

Uiteindelijk deed Rezan weer een poging om de stilte te doorbreken. Met zijn blik nog steeds naar buiten gericht zei hij, 'de beer begon radeloos te worden...'

'Hou toch eens op met dat kloteverhaal!' De magneten waren weer gepolariseerd en ze konden niet wegkijken van de ander. 'Ik ben niet meer dat kleine meisje dat je aangaapt bij elk verhaal. Je kan me niet meer met kindervertellingen inpalmen!'

Rezan leunde naar achteren, verslagen. 'Nee, je bent inderdaad niet meer dat kleine meisje. Je bent verkozen tot troonopvolger, een eer die voorbijgaat aan je oudere broers.' In zijn stem weerklonk treurnis.

Runak raakte van slag door haar broers spontane emotie. Hoe durfde hij een eis die haar ongewild opgelegd was tegen haar te gebruiken? 'Ik wil dit ook niet, Rezan. Dit was jouw rol, hier heb jij naartoe gewerkt. Waarom leg je je er zo makkelijk bij neer?'

'Het is niet aan mij om te bepalen wie welke rol verdient, zusje. Het is aan mij om de besluiten van onze vader te respecteren en onze familie zo goed mogelijk te dienen.'

De magneten raakten hun krachten kwijt. Broer en zus zaten leeg tegenover elkaar.

'"Wat je moet doen," zei de herder...' Rezan deed nog een poging.

Runak gunde haar broer de genoegdoening om tenminste de ontknoping van zijn verhaal af te kunnen maken en keek hem ongemakkelijk aan. 'Wat zei de herder?'

'"Nou, je moet de grootste idioot in de hele wereld vinden en hem opeten, maar geen idee hoe je dat voor elkaar krijgt." De beer wreef in zijn handen. "Uitstekend," zei hij en reet de herder terplekke aan stukken en peuzelde hem op.' Rezan hield zijn handen omhoog als klauwen en sloeg ze door de lucht.

Broer en zus deelden een korte lach.

Eenmaal aangekomen bij het paleis werd de prinses door een klein groepje onthaald. De koningin en enkele dienstmeiden waren aanwezig om haar op te vangen. Haar moeders hart kon eindelijk ontspannen toen ze haar dochter voor het eerst in weken zag.

De prinses werd terug de realiteit in geslingerd zodra ze uit de koets stapte en haar moeders betraande ogen zag. Een verstikkende liefde die haar niet toeliet zichzelf te zijn. Een liefde die haar altijd dichtbij hoopte te houden.

Tranen vertroebelden Gelawezj' zicht, terwijl ze haar enige dochter omhelsde. Ze zag de wrok in Runaks ogen niet. 'Mijn liefste dochter. Licht van mijn hart. Je bent terug bij ons, veilig en wel.' Ze veegde de tranen uit haar ogen.

'Ik ben nooit onveilig geweest,' antwoordde de prinses met haar gezicht naar de grond gericht. Hoe kon ze met woede reageren op zulke liefdevolle woorden? Dus beperkte ze zich tot enkel het minimale, opdat haar ware gevoelens haar moeder niet meer leed zouden aandoen.

De koningin, verrast door de kalme woorden van haar dochter, keek haar aan en zag geen enkel spoor van verdriet of opluchting. De terneergeslagen stemming misvatte ze voor schaamte. Wie weet wat die man haar aangedaan had. 'Dochterlief, je hoeft je geen zorgen te maken. Wij houden van je, ongeacht wat er is gebeurd of wat er nog gaat gebeuren. Je zult je in het huis van je ouders nooit af hoeven vragen of je welkom bent.'

9

De opvolgende dagen liepen in elkaar over zonder dat Runak er enige invloed op had. Ze verkeerde in een droomachtige staat waarin een waas van druktemakers haar verzorgden en familieleden haar bezochten. Het enige wat ze zo nu en dan bewust deed was eten door haar vernauwde keel proppen om de pijn van honger ietwat te stillen. Hele dagen spendeerde ze aan haar raam, kijkend naar hoe de mensen het plein van het paleis opkwamen en afgingen, de gebeurtenissen van een wereld ver van die van haar, een schouwspel waar ze enkel toeschouwer van was. Ze vond troost in die afstand, in het afwezig zijn, en kwijnde langzaam weg als een liggende storm.

Op een dag liep een vrouw in een zwart gewaad het plein op. Als een schaduw wapperde ze langs de fontein richting het paleis, met een klein meisje in haar armen. Bewaking hield haar tegen en er ontstond een woordenwisseling. De vrouw zwaaide met haar armen in woede terwijl de mannen haar probeerden te bedaren. Haar hoofddoek was losjes over haar hoofd gegooid en onthulde haar gouden lokken, een teken van de impulsiviteit van haar komst.

Runak herkende de haren, die in de volle zon als een gouden aura om heer heen schenen, als die van Hanar. De prinses kon enkel medelijden voor de moeder voelen, die hier natuurlijk was omdat ze het nieuws over haar echtgenoot had vernomen. Van haar dienstmeiden had Runak begrepen dat Akam beschuldigd werd van de prinses te ontvoeren en dat zou bekopen met zijn leven. Apathisch en zonder gevoel had ze het nieuws in zich opgenomen. Wat had ze anders moeten doen?

Er was geen mogelijkheid dat Hanar zou kunnen rekenen op barmhartigheid in een kwestie die het aanzien van de koninklijke familie betrof. Toch baande ze zich een weg naar binnen en keerde de rust terug op het plein.

Deze rustige momenten waren voor de prinses het moeilijkst. Het gebrek aan gebeurtenissen om haar gedachten op te richten, leidde tot onvrijwillige aandacht voor haar geweten. Vlak onder de oppervlakte beukte het tegen haar bewustzijn, in een poging zich te bevrijden.

Al snel werd Hanar weer naar buiten geëscorteerd door twee wachters die haar gebaarden weg te gaan.

Wat had ze dan verwacht, dacht Runak.

Hanar leek geen aanstalten te maken om te vertrekken en keek zoekend om zich heen. Haar dochter klampte zich vast aan haar moeders kledij en begroef haar gezicht in haar boezem.

Ga nou maar naar huis voordat ze je iets aandoen, onderhandelde de prinses in gedachten, hij ligt ergens weg te kwijnen in een cel die je nooit gaat vinden.

Pas toen Hanar omhoogkeek en hun blikken elkaar ontmoetten, begreep ze dat de vrouw met gouden haren hier niet was voor haar echtgenoot. Hanars blik greep Runaks verdoofde geest en trok haar terug naar het licht, waar ze niet kon wegrennen van haar schuld. Die vrouw met de gouden lokken, met een huilend kind in haar armen, durfde een plicht op te leggen aan de prinses en bracht haar ertoe haar schulden te erkennen en te vereffenen. Hanar spiegelde waar de prinses zich voor schaamde en ontnam haar schaduw de ruimte om zich ervoor te verstoppen. In die ene vastberaden blik voelde de prinses de diepte van haar schuld en de kracht om deze te vereffenen.

Toen Hanar haar pleidooi terugzag in haar ontvanger keerde ze zich om en vertrok zonder verder tegenstribbelen. De twee wachters keken elkaar verbaasd aan, terwijl ze keken naar het plotselinge vertrek van deze onhandelbare vrouw.

De prinses, opgezweept door haar hervonden kracht en de ernst van de situatie, landde volledig in haar lichaam en stormde haar kamer uit. De wachters, zogenaamd daar gestationeerd om haar te beschermen, bereidden zich voor om de prinses weer naar haar kamer te verwijzen. Maar voor ze hun ingestudeerde praatje konden houden, gebood de prinses ze met het zelfvertrouwen van een zeloot de deur te openen. Haar vleugeldeur was vervangen met een kil en massief stalen deur die van binnenuit niet gesloten of geopend kon worden. Het was met geen stormram te breken, maar tegen de vastberadenheid van de prinses was hij niet bestand.

De wachters, overmand door de felheid van het gebod, openden de deur en lieten haar door.

De troonkamer stond vol met mensen die spraken over verschillende kwesties rondom de dagelijkse gang van zaken in het koninkrijk. De koning zat op zijn troon, een stuk hoger dan de adviseurs, boeren, kooplieden en verscheidene paleiswerkers die daar zaken te doen hadden.

'Vader!'

De koning keek op naar zijn dochter en alle aanwezigen volgden zijn voorbeeld. Runak stond bij de ingang met vuisten gebald en woede in de ogen. Haar kleine gestalte leek een schaduw te werpen die toebehoorde aan een reus.

'Ik wil dat Akam nú vrijgelaten wordt!'

Het publiek keek vol spanning naar hun koning die zo openlijk uitgedaagd werd door zijn eigen dochter.

Sherwan begreep dat zijn dochter een bevel gaf dat alleen een koning kon uitvoeren, maar dat haar woede gericht was aan hem als haar vader. Maar in dit gezelschap kon hij enkel een koning zijn. Als hij zijn autoriteit wilde behouden en zijn dochter voor zich wilde terugwinnen, moest hij haar alleen spreken.

'Respectabele gasten en vrienden, voor vandaag zijn wij klaar. Uw koning vraagt rust om zich te bezinnen over wat wij besproken hebben. Neemt u uw intrek in de tuinen of wendt u zich tot andere zaken. Morgen gaan wij verder.'

In een zet waarin hij de overhand kreeg over de situatie zonder de uitdaging van zijn dochter te hoeven erkennen of te ontkennen, had hij een mogelijk conflict in de ogen van de aanwezigen vermeden. Mensen zouden roddelen, maar niemand kon iets tastbaars bieden.

De gasten liepen langs de prinses de kamer uit, ieder respect betuigend aan de erfgename.

Eenmaal met z'n tweeën begon de prinses met haar relaas. 'Akam heeft niks anders gedaan dan mij volgen, vader. Hij heeft naar mij geluisterd. Ik heb hem overtuigd. Hij heeft niks anders gedaan dan mij beschermen.'

De koning luisterde zonder haar te onderbreken en bleef roerloos op zijn stoel zitten. Pas toen zij geen woorden meer had, stond hij op en liep in rustige stappen zijn dochter tegemoet. 'Weet ik, dochterlief. Akam is een eervolle man en zou jou nooit kwaad doen of zijn eer te grabbel gooien. Hij was, tot jij hem toesprak, loyaal aan mij als geen ander. Van alle mensen die jou iets hadden kunnen doen, was hij de laatste. En van alle mensen die jou veilig hadden kunnen houden, was Akam de beste.'

Runaks vastberadenheid sloeg langzaam om in wanhoop. 'Maar waarom moet Akam dan gestraft worden?'

De vader stond tegenover zijn dochter, een hand op de schede van de dolk in zijn zij en de andere rustend op haar schouder. Hij torende boven haar uit, maar Runak voelde zich niet bedreigd. Zijn hand op haar schouder was ruw, maar zacht geplant. 'Dochterlief, een koning heeft de verantwoordelijkheid over de zorg van allen. Hij is degene die zware besluiten neemt voor de veiligheid en stabiliteit van zijn volk. Kwesties van het hart, zoals mijn affectie en respect voor de dappere Akam, mogen dat nooit in de weg zitten. Het volk moet weten dat hun heersers eervol en betrouwbaar zijn. Dat is het fundament dat alles wat wij doen mogelijk maakt.'

Runak was in tranen. 'Maar waarom moet Akam dan gestraft worden? Ik ben degene die hém meenam.'

Sherwan aaide zijn dochter met dezelfde genegenheid als toen ze nog een baby was. 'Precies daarom. Het volk zal jou nooit vertrouwen als ze dat wisten. Ze zullen je nooit de kans geven om je te ontplooien tot de geweldige koningin die ze nodig hebben.'

De vader, gekleed als koning, poogde uit de grond van zijn hart de noodzaak van zijn keuzes duidelijk te maken aan zijn dochter, maar zijn pleidooi had een averechts effect. Akam was degene die haar drang naar vrijheid steunde en nu moest hij geofferd worden aan het altaar van een verantwoordelijkheid die haar werd opgelegd. Runak stootte haar vaders arm opzij en liep weg.

De koning zag zijn hoop vervliegen. Haar toegekeerde rug liet zijn besluit wankelen en in een poging om als vader haar hart niet kwijt te raken, gaf hij, net zo onverwacht voor hem als voor de prinses, toe. 'Ik zal hem sparen.' De woorden ontsnapten voordat hij ze kon overdenken.

Runak stopte en keek hem ongelovig aan.

Snel voegde hij er een voorwaarde aan toe. 'Ga met mij mee naar de plek van onze oorsprong. Waar onze voorouders onwetend moesten overleven. Ga met mij mee naar Shaneder zodat ik je kan vertellen waarom jij nodig bent.'

De prinses hoorde de veranderde toon in haar vaders stem, een toon die hem menselijk maakte. Hij werd een man die kon vrezen en een man die toch niet alle antwoorden bezat. Ze stemde toe om met hem mee te gaan, op voorwaarde dat Akam niets zou overkomen.

Shaneder. Een kille plek waar sussend over gesproken werd. Een plek die de prinses nooit had gezien en nooit had hoeven te zien. Wat hadden ze daar te zoeken?

Niet veel later vertrokken vader en dochter, vergezeld door enkele wachters, te paard richting het gebergte dat uittorende boven hun thuisstad. De Zagros besloeg meer dan duizend vierkante kilometer. Het scheidde het koninkrijk van de rest van de wereld alsof het zijn armen uitstrekte om hen te beschermen tegen de elementen en spookbeelden uit het verleden. Legers vanbuiten hadden nooit tot de ruige omgeving kunnen doordringen en gaven, al snel of na grote verliezen, de hoop op het onderwerpen van het koninkrijk op. Deze bergen waren als een vriend die hun voorouders hadden gehuisvest toen ze ontheemde kinderen waren en generaties later keek het nog steeds over hen uit. Wat zagen ze? Waren ze trots op het rijk gesticht in hun schaduw? Of zagen ze nog steeds dezelfde bange kinderen? Hadden ze hun zegen, of enkel hun sympathie?

De prinses zag haar thuis kleiner worden naarmate ze verder de bergen introkken. Ze zag de stadsmuren en het bos waar Hanar wachtte op de thuiskomst van haar geliefde. Ze zag de Zab ombuigen voor de Garabossen en volgde in haar herinnering het pad dat ze had afgelegd met Akam. Er groeide een vreemd gevoel in haar buik. Een kramp dat ze niet volledig kon plaatsen, maar waardoor ze zich wel ongemakkelijk voelde.

De koning reed uit enthousiasme een stuk vooruit toen ze er bijna waren. Ze bereikten een grote grotopening tegen de achtergrond van een dalende zon. De holte waarvoor ze stonden leek haar naar binnen te willen sleuren en de donkerte deed haar maag omkeren. Desondanks gaf ze geen kik.

'En hier stonden ze dan,' vertelde de koning vol trots. 'Onze voorouders, met niets anders dan durf, moed en de wil om hun lotgenoten te helpen een nieuw thuis te creëren.'

De wachters bleven buiten terwijl de koning binnentrad met zijn dochter. Zijn enthousiasme stond in schril contrast met zijn dochters groeiende onbestendige gevoel. Elke stap verder de grot in voelde zwaarder dan de vorige. De akelige kramp veranderde langzaamaan in een pijn waar ze van ineen wilde kruipen, maar ze kon voorkomen dat haar vader het doorhad. Vanwege hun prille wapenstilstand wilde ze niet het risico lopen in onmin te raken waar Akam het slachtoffer van zou worden.

'Mijn opa bracht mij ooit hier, Runak. Ik was ouder dan jij en ging trouwen met je moeder. Jouw overgrootvader wakkerde in mij het besef aan van de immense verantwoordelijkheid die onze lijn op zich genomen heeft. Hij gaf mij die dag een belangrijke taak.'

Runak zocht naar houvast om zichzelf rechtop te houden, terwijl haar vader wees naar wandtekeningen die achtergelaten zouden zijn door hun voorouders.

'Sinds ons vertrek uit Shaneder zijn we verwikkeld in een cyclus van vrede en oorlog. De clans leven vredig naast elkaar tot een onbelangrijke gebeurtenis zorgt voor onenigheid. Van de een op de andere dag wapenen ze zich en ontnemen broeders en zusters elkaars leven. Haat en oorlog regeren het leven van mensen. Angst wordt de nieuwe koning, totdat een overwint en boven op de lijken van zijn vijanden een nieuwe periode van stabiliteit en vrede inluidt.'

Runak kreeg enkel flarden mee van wat haar vader vertelde, maar die flarden maakten haar pijn alleen maar erger, alsof zij het zelf was die neergestoken werd in zo'n oorlog.

Sherwan, volledig opgegaan in zijn verhaal, merkte niets en ging door terwijl hij zijn vingers over de wandtekeningen liet glijden. 'Ik wist nooit waarom. Ik begreep het niet. Zelfs niet toen ik zag hoe mijn eigen vader zich het slagveld op haastte of toen ik zelf genoodzaakt was te vechten om mijn familie te beschermen.' Hij liet zijn hand stoppen bij een tekening van een beest waar speren uitstaken. 'De vrede kwam net zo plotseling als het bloedvergieten en liet mij achter in verwarring en frustratie omdat ik niets in handen leek te hebben. Ik leefde in angst en zag in elk persoon de vijand voor mijn volgende strijd.'

Runak volgde haar vader dieper de grot in via een smalle doorgang. Ze liepen gebukt verder met nauwelijks ruimte om te draaien.

'Runak, de duisternis van deze grot achtervolgt ons nog steeds. De angst van onze voorouders leeft in ons voort en keert bij de geringste dreiging broer tegen broer in een strijd die haar troost enkel kan vinden in de onderwerping van de een aan de ander. Ik leefde met die angst, dag in dag uit.'

De smalle doorgang breidde zich abrupt uit tot een enorme holte. De koning liep erin en Runak bleef aan het eind van de smalle doorgang staan om even te rusten. De kramp in haar buik nam haar meer in bezit naarmate ze verder de duisternis in liepen.

'Totdat ik jou mocht aanschouwen. Het duurde even voordat ik begreep wat ik zag, voordat ik zag wat jouw moeder meteen wist.'

Runak leunde tegen de wand van de gang en voelde de koude scherpe steen verkruimelen onder haar gewicht.

'In jou huist het licht dat de duisternis kan verjagen. Jij, mijn dochter, bent degene die de cyclus van angst kan eindigen!'

Met de laatste woorden van haar vaders hoopvolle pleidooi voelde ze een gewicht aan haar lichaam trekken. De koning draaide zich om en zag zijn dochter nergens meer staan.

10

Een kou stroomde over haar huid, haar langzaam terug bij bewustzijn strelend. Een constant geschuifel vulde haar oren. Het onwennige geluid bleef onbepaald totdat ze besefte wat haar zintuigen waarnamen.

Slangen! Ze was bedekt met slangen! De geschubde, koude lichamen kronkelden over haar heen alsof ze haar levend wilden begraven. Ze hield haar mond vast om een gil binnen te houden. Haar ogen waren opengesperd, maar ze zag niets.

Na wat uren leek te duren, bereikte een klein strookje licht haar iris. Het licht onthulde de slangen, die met zovelen waren dat ze over elkaar heen glibberden in een poging door de opening waar vanuit het licht binnen scheen, te ontsnappen. Geen van hen leek geïnteresseerd in het warmbloedige wezen onder hen.

Runak probeerde zichzelf omhoog te duwen, maar haar hand vond enkel kapotte stukken hout en een splinter schoot haar vinger in. Ze trok haar hand terug van de pijn, en tastte voorzichtig af naar een veiliger stuk. Nu trof haar hand een lederen voorwerp. Ze zette zich ertegen af en nam het instinctief mee. Eenmaal staand kon ze uitmaken dat wat ze vasthad, een boek was. Voorzichtig liet ze elke voet langzaam zakken terwijl ze liep, om geen slangen te vertrappelen of, erger nog, te doen schrikken.

Ze leunde tegen de koude wand om door de spleet heen te kijken. Met haar gewicht ertegen bewoog de wand minimaal, maar met de massa slangen, die opgehoopt tegen de wand aan bleven kronkelen, begon de muur te openen. De slangen snelden de verlichte kamer in en verdwenen een voor een in kleine openingen in de rotswanden.

Runak kneep haar ogen halfdicht terwijl ze wende aan het nieuwe licht. Eerst was er enkel een dor bruin. Vervolgens merkte ze vlammende toortsen op, die tegen de wanden hingen. Toen zag ze een figuur in de ruimte. Runak zag schubben op een wezen dat leek op een enorme slang, zittend op een troon. Haar ogen volgden het lichaam omhoog en ze zag dat het bovenlichaam een vrouw was. De oranje tonen van de toortsen staken af tegen haar witte bovenlijf, en dansten op de kille schubben van het onderlijf.

De ijzingwekkende schoonheid hield Runak met pupillen als haarscherpe lijnen in haar gele irissen nauwlettend in de gaten. 'Hoelang is het geleden dat mensen hier durfden te lopen?' Haar stem was zacht en raspend tegelijkertijd. Haar intonatie verveeld alsof ze sprak met een zucht.

De prinses, nog verward, klampte het boek tegen zich aan. Pijn raasde door haar lichaam. 'Waar ben ik?' vroeg ze met halfdichte ogen.

'Weet je dan niet dat je je bevindt in het domein van je gezworen vijand?' Er was iets nieuws bijgekomen naast de verveling. Verbazing.

'Vijand?'

De slangenvrouw glibberde van haar troon recht op de prinses af. Nu ze dichterbij was, zag de prinses hoe groot ze werkelijk was. Haar gespierde slangenlichaam torende nog verder boven haar uit dan haar vader.

'Ik, Shamaran, heerser over alle slangen, ben de gezworen vijand van de mensheid, maar in tegenstelling tot jullie verraderlijke soort ben ik barmhartig en gun jou de kans om jezelf te verantwoorden voordat ik besluit wat ik met je doe.'

De prinses voelde weer de kramp in haar buik. Ze hield het boek er stevig tegenaan. Met gespannen kaken probeerde ze uit te leggen hoe ze in de grot terechtgekomen was. 'Ik weet niet waar ik ben. Het enige wat ik nog weet, is dat ik viel en hier belandde.'

Shamaran zag de verwondingen, haar verwrongen gezicht en het bloed dat langs haar benen droop. Ze kreeg medelijden met het kind, dat duidelijk niet expres haar domein was binnengetreden. 'Ik geloof dat je hier per ongeluk bent beland, kindje. Kom, laten we je oplappen zodat je je beter voelt.'

De prinses werd door het domein van Shamaran geleid, wat meer weg had van een grottenstelsel dan het onderkomen van een koningin. De bruin uitgehouwen gangen kronkelden heen en weer, net als een slang zou doen. De wanden waren dof en de gangen smolten samen van eentonigheid. In een laatste bocht verwijdde de gang zich tot een grote opening. In het midden stond een warmwaterbron. Een walm steeg op en keerde als druppels terug naar de bron, alsof deze zich uitstrekte om de mineralen van de grot in zich op te nemen en meer ruimte voor zichzelf te scheppen.

Shamaran nodigde de prinses uit om in het water te gaan liggen en zichzelf te wassen. 'Het water zal je wonden helen en de kramp verzachten. Kom de komende dagen elke dag naar deze bron om je kramp te verlichten.'

Runak liep voorzichtig het water in. Bij de eerste aanraking voelde ze een warme omhelzing vanaf de bodem via haar tenen omhoogtrekken tot aan haar kruin. Verder in het water verlichtte de warmte de kramp en opende deze elke porie van haar huid. Ze zuchtte diep en haar lichaam ontspande.

Shamaran bleef wachten tot de prinses comfortabel in het water lag en wilde zich net omdraaien toen Runak haar vroeg: 'Waarom leeft u hier zo weggestopt?'

De slangenkoningin aarzelde. Dit kind sprak tot haar met een onschuld die haar pijn deed verlangen gekend te worden. 'Het was hier niet altijd zo verlaten als nu. Ooit was deze plek mijn paleis, een paradijs gevuld met prachtige wandtapijten en weelderige tuinen. In de zomer was het koel als een stromende rivier en in de winter warm als een bad.'

'Waarom is het hier dan zo...' Runak aarzelde om haar zin af te maken, opdat ze haar gastvrouw niet zou beledigen.

'Dor? Kil? Om te ontkomen aan de verraderlijke praktijken van de mens hebben we ons teruggetrokken en het contact met de buitenwereld verbroken. Langzaam maar zeker stierven de bloemen, brokkelde het behang af en vervaagden de ooit zo kleurrijke muren tot het dorre labyrint dat je nu ziet. Enkel deze helende bron behoudt haar oude glans.'

'Het moet hier eenzaam zijn,' zei de prinses met gesloten ogen. De bron verwarmde haar lichaam met een zachtheid die ervoor zorgde dat alle kwalen wegebden, waardoor de buitenwereld een verre droom leek. Langzaam viel ze weg in een heerlijke slaap.

Runak ontwaakte langzaam door de geur van gerookt vlees en het aroma van gekookte rijst. Ze lag in een zacht bed in een kleine kamer, met niks anders dan een nachtkastje. Hierop lagen haar kleren en een klein boek met een bruine leren kaft. Uitgerust en schoon voelde haar lichaam zich veilig genoeg om honger te ervaren. En de heerlijke geur deed haar zich haastig aankleden en leidde haar door de gangen naar een eetzaal met een enorme tafel vol eten..

Aan het hoofd zat Shamaran. 'Neem plaats, meisje. Dit is hoe mensen graag eten, toch? Gekookt en uit koppen en kommen?'

Het water liep haar in de mond en de uitbundige tentoonstelling van eten deed haar naar voren springen, maar voordat de prinses een hap nam, herinnerde ze zich Shamarans oorlogsverklaring tegen mensen. 'Waarom zou u uw vijanden voeren?' vroeg ze voorzichtig.

'Alhoewel wij de vijanden van de mensen zijn, zijn we niet de vijand van elk mens. Het is het rotte in hun harten dat wij verachten en jij bent nog te jong om je hart bevlekt te hebben met zulke zonden.'

De pijn in haar woorden was voor Runak een teken dat haar gastvrouw de waarheid sprak. Ze stortte zich als een wild beest op het eten en maakte combinaties tussen zoet, hartig en zuur eten die ze niet gewend was, maar die haar eetlust vreemd genoeg bevredigden.

Nadat de grootste hongerpijnen verdwenen en haar verstand weer de overhand nam, kwam ook haar nieuwsgierige natuur weer naar boven. 'Waarom zijn u en de mensen vijanden van elkaar?' vroeg ze aaiend over haar nu volle buik.

De slangenkoningin zag de prinses voor het eerst zoals ze echt was. Doortastend en nieuwsgierig. Haar priemende ogen in het lichtspel van de toortsen waren een uitnodiging die zelfs niet door de meest gesloten harten kon worden genegeerd. En Shamaran ontdekte dat er een deel in haar was dat zich niet had afgesloten voor de wereld en dat gehoord wenste te worden.

'Ooit, voordat mijn tuinen enig tekort kenden, viel er een man, niet minder spontaan dan jij, onze wereld binnen. Zijn vrienden hadden hem achtergelaten in de hoop zijn rijkdommen voor henzelf te nemen. Jamisav was een zachtaardige man. Hij vond hier een plek die hem opende voor de mysteriën van de wereld. En wij genoten van zijn verhalen over de wereld van de mensen. Het was zo fascinerend dat ze zich enkel richtten naar de zon, rechtop stonden. Ze hadden geen aandacht voor de grond onder hen, uit wiens schoot al het nodige voor het leven gebaard werd.

Op een dag begon zijn heimwee op te spelen en wilde hij terug naar zijn eigen wereld. Ik verzocht hem zich te bedenken en dat hij nog zo veel te leren had bij ons, maar het had geen zin. Hij miste zijn wereld en uiteindelijk gaf ik toe, maar ik had een voorwaarde. Hij mocht nooit vertellen wat hij hier had meegemaakt of waar mensen ons konden vinden. Als ze dat wisten, zouden ze ons vast en zeker opjagen.'

'Waarom was u zo zeker daarvan?' vroeg Runak.

'Zo gaat dat met wezens van het licht. In hun drang het licht te brengen waar het niet hoort, slokken ze de duisternis waar ze ook maar komen op. Hun onophoudelijke verhelderingsdrift zou onze mysteriën vernietigen.'

Runak herinnerde Simoerghs soortgelijke opvattingen over de wezens van de duisternis.

'Jamisav gaf zijn woord en ik geloofde hem. Jaren gingen voorbij en ik vergat hoe hij eruitzag. Tot op een dag een bekende stem mij riep. Maar deze bekende stem had een al te zenuwachtige trilling. Jamisav bracht een leger met zich mee. Mijn grootste angst was uitgekomen. De enige mens die ik had durven te vertrouwen, was teruggekomen om alles voor zichzelf te nemen. Het enige wat ik kon doen, was de uitgang afsluiten en voorkomen dat ze zouden binnendringen. Overmand door verdriet viel ik in een diepe slaap en toen ik wakker werd, waren mijn tuinen verdort, de muren versleten en het leven uit mijn paleis vertrokken. Sindsdien zwoer ik dat slangen en mensen voor altijd vijanden van elkaar zouden zijn.'

Runak luisterde aandachtig en besefte wat dit verhaal betekende voor haar verblijf. 'Ik neem aan dat mijn vertrek ook niet op prijs gesteld zal worden?'

Shamaran keek weg. 'Je zult eerst moeten rusten en je lichaam de tijd geven om de veranderingen die het doormaakt, te verwerken.'

'Welke veranderingen?'

'Weldra zal de wereld haar onschuld verliezen en zul je je kindertijd achterlaten. De tijd om te vertrekken zal daarna snel aanbreken.'

'En jij bepaalt wanneer die tijd aanbreekt?'

Later lag de prinses verzonken in gedachten op het bed. Haar lichaam was nog zwak en na het eten merkte ze dat het weer om rust vroeg. Wat zou er van Akam zijn geworden? Wat zou er met haar gebeuren? Wat moest Shamaran eenzaam zijn hier. Waren haar ouders ongerust? De overpeinzingen volgden elkaar één voor één op, maar een gedachte bleef op de voorgrond: ze was een gevangene hier.

Ze draaide zich om en zag in het kaarslicht wederom het gebonden boek. De randen waren gerafeld, maar verder was het nog in goede staat. De pagina's waren vergeeld en gevuld met een handschrift dat verfijnd was, als van een kalligraaf. Ze bladerde er doorheen en pikte hier en daar wat zinnen op. Langzaam maar zeker las ze steeds aandachtiger. Toen het besef kwam wat ze voor zich had, bladerde ze terug naar het begin van het boek en las de hele nacht door.

11

Lieve zonen en dochters van ons kroost, lichten van onze harten, bloed door onze aderen, o wee hoe jullie zijn weggerukt uit onze nesten, hoe jullie zijn vernederd en zonder genade ontvreemd van de warme boezem van jullie moeders en de veilige havens van jullie vaders. God almachtig, verlos ons van deze foltering. God, schenk hen rust in het hiernamaals. Hun enige misdaad was dat ze werden geboren in de storm van een verdorven koning. Mijn hart bloedt elke dag voor jullie en elke ademhaling verplettert in mijn borstkas.

Ik hoop dat dit bericht jullie op tijd bereikt, zodat jullie tenminste kunnen begrijpen waarom jullie deze hel moeten doorstaan. Zodat jullie weten wat de oorsprong van jullie misère is en waarom wij van elkaar zijn gescheiden. Zodat, ondanks alles, wij kunnen dromen van de dag dat we herenigd zijn onder één blauwe hemel, één heldere zon. Een dag waarop jullie moeders jullie vasthouden met dezelfde onschuld als de dag dat jullie voor het eerst tegen hun boezem lagen. Wij leven voort onder deze donkere wolk. Ons vastklampend aan deze ene hoop, aan dit ene lichtpunt in een leven van duisternis.

Degene die jullie noodlot in gang heeft gezet, is de koning Zahhak. Dit onmens werd gestraft voor zijn wandaden op de meest snode manier. Op een dag verscheen een vagebond aan zijn hof. Hij vermaakte de koning met verhalen over de verste uithoeken van de wereld, magische spreuken en beloftes van het eeuwige leven. De gierige koning, die alles had overwonnen behalve de tijd zelf, was geïntrigeerd door deze mogelijkheid. De vagebond maakte hem wijs dat Zahhak machtig en geleerd genoeg was om onsterfelijk te worden als de koning hem één handeling zou toestaan; een kus, op elk van zijn schouders. Zahhak, dronken van zijn eigen lofzang, geloofde werkelijk dat deze vagebond de wereld was over gereisd om hem het eeuwige leven te schenken en liet hem toe naar voren te stappen. Deze gaf een kus op beide schouders en verdween als sneeuw voor de zon.

Uit de plekken waar Zahhak was gekust steeg rook op, zwart als de nacht. De rook werd langzaam dikker en twee slangen verschenen, beide even zwart en in hun ogen een onstilbare lust uitgedrukt. Zahhak werd overmand door angst, en in de ogen van de verschrikte aanwezigen, werd hun gruwelijke koning bijna menselijk in zijn doodsangst.

De slangen krioelden langzaam omhoog, groeiend uit zijn schouders. Het gesis penetreerde zijn trommelvlies, waar het omgezet werd in een koortsige begeerte naar hersenen. De koning beval zijn wacht de slangen neer te halen en zo geschiedde. De honger was gestild en het gesis verdween.

Zahhak ging gerust naar bed, maar al voor dageraad werd hij wakker van een naargeestig gevoel. De twee slangen op zijn schouder waren 's nachts terug gegroeid en glibberden nu over zijn gezicht. Zahhak raakte in paniek. Hij voelde de lust naar hersenen. Hij voelde het ongeduld voor de aankomende maaltijd. Hij moest vechten om zijn verstand te behouden, om niet samen te smelten met de dierlijke gulzigheid die hem over probeerde te nemen. Wederom werden de slangen afgehakt. De eerste tekenen van herstel toonden zich ditmaal al gedurende de ochtend.

De koning verzamelde al zijn viziers om te achterhalen wat voor duivelse magie hem veroordeeld had tot deze hel en hoe ze het konden stoppen. Een van de meer geslepen viziers stelde een mogelijkheid voor om zijn situatie te verhelpen. De koning had uitgelegd dat met de terugkomende aanwezigheid van de slangen, zijn hoofdpijn toenam en een begeerte naar de smaak van hersenen groeide; specifiek een verlangen naar verse hersenen. De vizier bedacht dat ze de slangen zouden kunnen verzadigen, gewoon, door ze verse hersenen te voeren.

De vraag wat verse hersenen voor hem betekenden had de vizier snel beantwoord; de hersenen van een kind, jong genoeg om nog niet de puberteit bereikt te hebben, zodat zijn hersenen niet uitgedroogd zijn van zwoegen in de zon of besmet met verlangens van het vlees. Maar, ook niet veel jonger dan die leeftijd om te voorkomen dat de hersenen te klein zouden zijn om de honger te stillen.

Enkel een dwaas of een monster juicht om een medicijn gevaarlijker dan het gif. Helaas is Zahhak nog erger. Hij is een monster omringd door lafaards. Het bevel om twee kinderen te offeren voor land en koning was uitgesproken met een snelheid en vurigheid die elke tegenstand die leefde in de hoofden van de aangewezen in de kiem smoorde. Ze werden het eens dat de kinderen uit verschillende families moesten komen om het leed te verspreiden. En het mocht geen oudste zoon zijn om de opvolging van de familienaam niet te schaden.

Die dag nog werden twee kinderen weggerukt en klaargemaakt om als offers voor Zahhaks demonen te dienen. Hun jonge geesten waren oud genoeg om te begrijpen wat ze te wachten stond, en ze verlieten hun ouders met de grootste smart, wetende dat de wil van de koning wet is. Ze werden gezegend en met eer ontvangen in het paleis en pijnloos ter dood gebracht. Hun hersenen werden verwijderd zonder het gezicht te beschadigen, terwijl het ongeduld van Zahhak groeide, samen met zijn lust, pijn en woede. Zelfs de koning kon de eer die een martelaar toekomt niet tenietdoen.

Uiteindelijk, toen de koning van de pijn verkrampt vooroverbogen met de handen in het haar op zijn troon zat en de twee slangen met man en macht in bedwang werden gehouden door geharnaste wachters, waren de kinderhersens eindelijk gereed. Zodra het aroma van de maaltijd de kamer bereikte, rijkten de gevorkte tongen van de twee zwarte gedrochten richting de schaal met hersenen. Hun gulzigheid sloeg over op de koning die de bediende maande dichterbij te komen. De slangen zetten hun tanden in het vlees en de koning voelde eindelijk opluchting. Al snel hadden ze de hersenen verorberd en ze krompen geleidelijk aan, tot ze volledig verdwenen. De koning was buiten zichzelf van vreugde. Zijn geest was weer van hemzelf en in zijn vreugde beloonde hij de twee families rijkelijk voor hun offer. De ontroostbare ouders dropen af met hun schadevergoeding, niet in staat om te protesteren vanwege de shock.

Wederom ging de koning gerust en wel slapen. Maar, nog voor de zon opkwam, werd hij wakker geschud. Zijn gezicht vertrok van angst; de slangen krioelden over zijn gezicht en waren om zijn nek gewikkeld. De drang naar verse hersenen kon hij niet meer onderscheiden van zijn eigen verstand. In paniek beval hij de wacht om meteen twee willekeurige kinderen van straat te plukken en ze naar hem toe te brengen. Hij wilde geen minuut langer dan nodig in deze kwelling doorbrengen. De kinderen werden meedogenloos en bruut onthoofd, waarna de slangen zich tegoed deden aan hun hersenen.

En zo begon een donker tijdperk waarin geen kind of familie meer veilig was. De koning raakte bezeten door zijn nieuwe metgezellen en was overtuigd dat hij het eeuwige leven had zolang hij hun elke dag de hersenen van twee kinderen zou leveren. Ik kan mij geen dag herinneren dat we niet in angst hebben geleefd, geen dag zonder een moeder die huilend op straat zichzelf kastijdde om het verlies van haar kind. Mooie kinderen die net de wereld leerden kennen, zichzelf leerden kennen. Kinderen wier licht begon te schijnen, werden uit hun veilige omgeving weggekaapt om te eindigen als voer. Eerst poogden ze nog het geheel te verhullen en werden kinderen in het holst van de nacht uit hun bed ontvoerd. Maar op den duur werden ze op klaarlichte dag van ouders afgenomen die niets anders konden doen dan toekijken hoe hun kind werd weggehaald, om nooit meer iets van ze te vernemen.

Maar zelfs tijdens het ergste bloedbad kan een licht van hoop schijnen, al is het een bitter licht. De twee mannen die de leiding hadden over het verzorgen van de hersenen, God redde hun ziel, werden overmand door gevoelens van schuld. Ze konden niet met zichzelf leven om al het onschuldige bloed dat ze vergoten.

Op een van de vele dagen dat twee hulpeloze en bange kinderen werden afgezet in de keuken, bedachten ze een list. Ze verstopten een van de kinderen en gebruikten de hersenen van een schaap in diens plaats. Niemand wist of de slangen het zouden accepteren, maar ze waren bereid het risico te nemen.

Later die ochtend stonden de twee mannen met een dienblad voor de gretige koning. Zijn eetlust was gedurende de weken vermengd met die van de slangen, waardoor het water in zijn mond liep bij het aanzicht van het dienblad. Zelf nam hij nu ook deel aan de verachtelijke dagelijkse maaltijden. De bedienden benaderden de gretige monsters op de troon. Om de list verder te maskeren, hadden ze de twee hersenen met elkaar vermengd en het geheel geprakt, zogenaamd zodat het makkelijker te verteren zou zijn. De mannen zweetten in doodsangst, maar de fixatie van de koning op zijn maaltijd redde hen.

Ze boden het dienblad aan de slangen aan. Oog in oog met de zielloze reptielen zagen ze niets anders dan vier bodemloze putten van vraatzucht. De slangen tastten toe, niet met dezelfde gretigheid als voorheen, maar eindigden toch even tevreden. De koning deelde mee in de content.

De bedienden waren dolblij dat hun list was geslaagd. Maar door het verminderde enthousiasme bij de slangen, durfden ze het niet aan om beide kinderhersens te verwisselen. Zo kwam het dat elke dag een kind werd gered en een ander kind werd geofferd. Zonder rechtvaardiging of systeem werd de een gedoemd en de ander weggebracht door vreemde mannen naar de uitgestrekte Zagros. Daar zou zelfs de duisternis van Zahhak die kinderen niet overschaduwen.

Die kinderen zijn jullie. Jullie zijn gered uit de grepen van Zahhak dankzij engelen veroordeeld tot beulen. Die Armayel en Garmayel, die met gevaar voor eigen leven een stille rebellie uitvoerden.

Maar, toch huilt mijn hart voor jullie. In welke duisternis leven jullie? Wat is er van jullie geworden? Zonder ouders, zonder warmte, zonder richting. Jullie zijn de wereld ingegooid voordat jullie er klaar voor waren, opgezadeld met verantwoordelijkheden van volwassenen. Hebben jullie een pad voor jezelf uitgekerfd? Of zijn jullie opgeslokt door de wereld?

Mijn kinderen zijn slachtoffer geworden van die valse Zahhak. Alle vier, de prachtige en mooie zielen, werden in dezelfde nacht weggerukt van ons warme thuis. Een moeder die haar kinderen liefdevol instopt om wakker te worden in een leeg huis verliest haar menselijkheid. Ze valt in een diep gat waar geen licht schijnt, waar ze enkel kan overleven door zich te richten tot de hemel en haar woede daarop los te laten, zodat ze niet verdrinkt in haar tranen. In dat gat verbleef ik een eeuwigheid, huilend, het noodlot vervloekend en gevuld met haat. Toen er geen tranen meer te plengen waren, was mijn woede ook weggestroomd. Enkel het verdriet bleef achter, als een steen die de stroom van een rivier doet splijten.

In die donkere holte reikte een zwak licht ver genoeg om mij terug te halen. Daar vond ik wat mij bond aan alle anderen in deze wereld. Ja, zelfs tot aan het verdorven hart van Zahhak. Enkel iemand die zelf in pijn is, kan zonder geweten zulke pijn aanrichten. Zal hij aan het einde van zijn leven beseffen hoeveel plezier zijn dood ons zal brengen? Zal dat besef hem om vergiffenis laten smeken? Zal hij berouw tonen?

De pijn in mijn hart werd zo een brug naar andere harten. We vonden troost in elkaars armen en langzaam nam het troosten een nieuw karakter aan; aen vastberaden karakter; een wens om nooit meer zoiets te laten gebeuren, om nooit meer toe te staan dat ouder en kind van elkaar zouden worden gescheiden. Het is pijn die zin geeft aan dit leven, die ons stuurt in de richting van ons lot. Met deze brief hoop ik de brug te verlengen tot jullie verdwaalde harten. Laat dit offer van een stervend hart jullie weg naar huis verlichten, laat het jullie wijzen naar waar jullie bron ontspruit. Keer terug, sterk en gevoed, en breng het licht met jullie mee. Enkel jullie licht zal sterk genoeg zijn om deze duisternis te verbannen.

12

Runak ontwaakte uit een nachtmerrie die haar deed happen naar adem. Een zucht van opluchting gleed door haar lichaam toen de gebeurtenissen waar ze zojuist deel van was, verdwenen. Het leren boek lag op haar buik als een herinnering aan wat ze zich had gerealiseerd voordat ze wegzakte in een wereld van pijn en verdriet. Ze was lezend in slaap gevallen en besefte dat dit werk het geheim van hun oorsprong blootlegde. Haar gastvrouw, de slangenkoningin, zou hier meer over moeten weten, bedacht Runak.

De gang buiten haar kamer had geen enkele wegwijzering. Ze kon rechts afslaan of linksaf, maar in tegenstelling tot gisteren was er geen geur die haar kon leiden. Ze besloot rechts te kiezen en kwam na even lopen bij nog een splitsing, met dezelfde nietszeggende wanden. Ze maakte weer een snelle keuze, en liep in haar haast door de gangen tot ze alle gevoel van richting kwijt was en verdwaald om haar heen keek.

'Shamaran, waar ben je!' schreeuwde ze wanhopig.

De gangen bleven leeg en stil.

'Shamaran!'

Was dit Shamarans poging om haar hier te houden? Verdwaald in een eindeloos stelsel van nietszeggende gangen?

'Jij hebt zelf de rivaliteit tussen mensen en slangen veroorzaakt!' schreeuwde Runak in een wanhopige poging haar uit te lokken. 'Het is me allemaal duidelijk dankzij dit boek!' Uitgeput zakte ze neer op de grond.

Een slang verscheen vanuit een spleet in de wand en ging via haar schouder richting haar torso naar de grond. Runak kon enkel verstijfd toekijken. Pas toen de slang van haar af was, bedacht ze hem te moeten volgen. Het leidde haar door het gangenstelsel totdat ze weer uitkwamen bij de uithouwing die een troonzaal moest voorstellen. Ze liep de ruimte binnen via de achterkant en zag enkel de rug van Shamarans troon.

'Verklaar jezelf nader, mensenkind. Zulke aantijgingen neem ik niet lichtelijk,' zei Shamaran zodra ze Runak zag.

'Het staat hier in dit boek hoe slangen de koning Zahhak gek maakten.' De prinses ging verder met de uitleg van het verhaal terwijl ze om de troon liep, maar Shamaran kende de slangen beschreven in het boek niet.

'Mijn slangen geven er de voorkeur aan om met hun buik over de grond te glijden om dicht bij de aarde te blijven,' zei ze. 'Deze slangen, die de lucht in groeien en hersenen begeren, zijn geen onderdeel van mijn koninkrijk.'

Runak hield het boek omhoog en wees er beschuldigend mee naar Shamaran. 'Jij was toch heerser over álle slangen? Hoe moet ik dan geloven dat jij hier niets van afweet?'

'Niet alles is wat haar vorm impliceert. Magie kan veel zaken onthullen, maar het kan ook de werkelijkheid verhullen.'

'Laat mij dan naar huis gaan. Ik moet mijn mensen hierover vertellen. Ze moeten weten waar we vandaan komen.'

'Je moet eerst nog een dagje rusten.' Shamarans stem was zoekende, zwaar, alsof elke uitspraak moeite kostte, alsof haar aandacht uitging naar iets anders.

Ze aarzelde iets te lang om geloofwaardig te klinken en Runak gebruikte dit om haar eis te versterken. 'Dit is geen plek voor een mens, Shamaran. Ik ben nodig waar ik vandaan kom.'

Shamaran zuchtte. 'Zelfs nu kan ik mijn hart niet opdragen om een onschuldig mens te ketenen in een wereld waar ze niet thuishoort.'

'U heeft mijn woord dat niemand ooit van deze plek zal horen,' zei de prinses, in een poging haar te overtuigen.

'Zo is het gezegd,' besloot Shamaran.

Vanuit de gaten in de muren kwamen twee slangen tevoorschijn met elk een beker.

'De enige manier om hier weg te komen, is via de bron. Deze beker bevat een extract van mijn bloed en deze het water uit de bron. Deze twee ingrediënten samen schenken de drinker de gave om lange tijd onder water te overleven. Zo kun je via de bron naar de geheime doorgang zwemmen en kom je in je eigen wereld terug.'

Runak nam het eerste drankje en dronk het lauwe water op. Het tweede drankje had een zwarte kleur en leek te borrelen. Ze aarzelende en keek twijfelend op naar Shamaran.

'Er is geen andere uitweg.'

Ondanks dat het onduidelijk was wat ze precies bedoelde, wist Runak dat haar geen andere opties geboden zouden worden en ze goot het drankje in één keer naar binnen. Het slangenbloed was wrang en brandde in haar keel. Zodra het haar maag bereikte, liet ze een boer terwijl haar lichaam protesteerde. Haar knieën verslapten tot haar voeten het begaven en ze viel neer op de harde, koude vloer.

Vanaf de grond keek ze op en de saaie wanden transformeerden in kleurrijke taferelen van bewegende patronen en figuren, alsof de verloren wandkleden weer tot leven waren gekomen. De witte Shamaran was nu veelkleurig, als een regenboog, maar over haar ogen was een donkere schaduw getrokken. En zo maakte het verraad zich kenbaar in de fysieke wereld; Runak wist dat ze vergiftigd was. Met de weinige beheersing die ze nog over haar ledematen had, zocht ze panisch naar het enige wat haar kon redden: Simoerghs veer.

'Het spijt me, kleine meid. Je had hier kunnen blijven als mijn gast, maar ik kan je niet laten gaan. Vecht er niet tegen. Het zal snel voorbij zijn.'

Runak hoorde de woorden als een verre echo. Ze kronkelde van de pijn, terwijl het gif verder haar lichaam binnendrong. Alles in haar trok samen door het zure mengsel dat zich door haar maagwand leek te branden om de rest van haar organen angst aan te jagen.

'Het spijt me.' De woorden ontsnapten uit Runaks mond als gevangenen.

Nu haar laatste momenten aanbraken, werd ze overmand door spijt dat ze niet geluisterd had naar de pijn van haar volk. Ze had spijt dat ze de fakkel van de generaties voor haar niet had opgepakt. Ze had spijt dat ze Akam had meegesleurd in haar escapisme. Ze smeekte om vergeving voor het negeren van de noodkreet van haar vader en moeder. Tranen van pijn mengden zich met tranen van spijt, en op die koude grond plakten gruis en zand aan haar natte gezicht.

Toen alles waar ze spijt van kon hebben, geuit was en door de aarde verzwonden, verdween ook de pijn. En met het verdwijnen van de pijn zakte haar zelf weg. Ze was niet meer in de troonzaal met Shamaran. Ze was nergens meer. Ze was er niet. Er was geen tijd, geen plek, enkel kleuren en eindeloze patronen.

Langzaam begonnen de patronen de vormen aan te nemen van herinneringen. Eerst die van haarzelf, zoals toen ze achteloos achter haar vader aan door het paleis rende. Hij liep gehaast en omringd door vele viziers. Hij leek zover weg voor haar op die momenten, als een onbereikbare bergtop op zichzelf. De viziers vervormden tot stalen buizen, zodat haar vader opgesloten in een kooi door het paleis geparadeerd werd.

Ze zag ook de blijdschap van haar ouders toen zij geboren werd. Ze voelde hun hoop op een veilig leven voor haar als haar eigen hoop. Ze ging nog verder terug de geschiedenis in en kwam bij de herinneringen van haar voorouders. Trots liepen ze de Zagros af, de weide wereld in en vastbesloten hun verleden achter zich te laten. Ze beleefde alle verhalen die vroeger eindeloos aan haar waren voorgedragen, door de ogen van de mensen die ze geleefd hadden.

Ze ging steeds verder terug in de tijd, totdat ze een kind was dat in de keuken van het paleis van Zahhak stond, bang en verward, smekend om haar ouders. Ze voelde hoe het was om zonder uitleg of rechtvaardiging meegesleurd te worden naar een onbekende plek, ver van alles wat ze kende. Ze merkte hoe het kind een muur om zijn hart bouwde. Hoe hij die muur meegaf aan zijn kind, als een schild dat hen moest beschermen. Ze voelde hoe de muur elke generatie groter werd, verfijnder, totdat het gevoel van een open hart verworden was tot een vreemd en ver idee werd. Ze zag de opeenvolging van het erven, nu vooruit in de tijd. Ze zag hoe elke nieuwe houder van het schild zijn eigen vorm eraan gaf, uitbreidde, en doorgaf als ware het een geschenk.

Tot ze, uiteindelijk, weer uitkwam bij haar vader. Ze zag hoe het zware bouwwerk om zijn hart hem uitputte, hoe hij het zijn hele leven met zich meetorste en hoe hij eronder gebukt ging. Haar vader werd ontdaan van zijn adellijke kledij, ontdaan van de schaduw die haar eisen oplegde en veranderde in een man die zijn hand uitstrekte en een noodkreet slaakte. 'Help mij deze muren om mijn hart te ontdoen van hun macht. Help mij te ontsnappen van deze duisternis. Help mij.'

Vervolgens was er niets dan leegte. Al snel volgde het gevoel van haar zelf in een zwarte ruimte. Uit de duisternis groeide het interieur van een paleis, vol met wandtapijten en prachtige tegels in ornate patronen. De harde ondergrond waar ze op lag, verdween, de kilte werd warm. Ze lag in Shamarans schoot terwijl de slangenkoningin haar aaide.

'Je bent veilig hier, lieveling.' Haar stem was zacht, haar toon warm.

Runak verkeerde in een droomachtige staat, nog niet geheel haar zelf. 'Waarom heb je jezelf afgesloten?' Ze vroeg het als een terloopse vraag, zoals vrienden nog eens navraag doen over een gebeurtenis.

Shamaran stopte met strelen. 'Ik heb mij nooit afgesloten. Nooit.'

Runak deed langzaam haar ogen open en zag Shamarans liefdevolle blik. Haar ogen waren niet geel, maar groen. Haar stem klonk niet zwaar, maar straalde rust uit.

'Ik ben Jamisav tegemoet gelopen. Het was niet zijn schuld; dat wist ik allang. Hij werd door een valse heerser gedwongen om mijn plek aan te geven omdat hij mijn mysteriën voor zichzelf wilde nemen. Dus ik deed wat elke koningin zou doen: ik beschermde mijn koninkrijk. De koning kreeg mijn krachten en mijn leven, als hij mij het genoegen deed mijn gif te gebruiken om wraak te nemen op Jamisav. Tenminste, dat maakte ik hem wijs. Hij zou mijn helende bloed mogen nemen als hij mijn gif zou toedienen aan Jamisav. In werkelijkheid kregen beiden het tegenovergestelde te drinken. Ik bekocht deze list met mijn leven.'

'Met uw leven? Maar u leeft nog.'

Shamaran lachte. Voorzichtig haalde ze Runak uit haar schoot en legde haar in dezelfde positie als ze eerder in lag. 'De Wereld huist zowel duisternis als licht, waarheid en mysterie, en jij, mijn lief, bent de brug tussen die twee.'

De muren verloren hun glans en de wandtapijten verdwenen. 'Jij verlicht wat verborgen is en brengt de twee werelden samen. Maar je bent nog maar een kind en je blik is nauw.' Shamarans glimmende verschijning verdween, en enkel de dansende toortsen bleven over. 'Open je ogen en kijk door de illusie heen.' De net verkregen warmte werd verdrongen door de kille grond. 'Zie wat werkelijk is.'

Runaks ogen gingen wijd open en haar pupillen werden groter om elk lichtstraaltje op te nemen. De kille Shamaran met gele ogen zat weer op haar troon, ogen afgewend van het lijdende kind op de grond. Haar gast was gestopt met kronkelen en het zou nog maar kort duren voordat het voorbij zou zijn. De wanden waren weer solide, mat en kil. Shamaran verloor haar kleurrijke verschijning en was weer volledig wit op een kleine koperkleurige glinstering na, die vanachter haar schubben leek te schijnen.

De prinses hees zichzelf omhoog en strompelde naar de troon.

'Vecht er niet tegen, kind. Het zal de pijn alleen verergeren. Het gif zal snel z'n werk doen.' Haar stem was weer zwaar, en gevuld met een ijzingwekkende afstandelijkheid.

Runak strompelde verder.

'Er is niets meer wat je kan doen,' zei Shamaran, toen de prinses voor haar stond. Vanaf haar troon keek ze neer op het fragiele, kleine meisje, amper nog in leven.

Runak strekte haar arm uit naar de koperen gloed die haar als een baken begeleidde. Haar hand viel door de schubben heen en greep naar Simoerghs veer.

De verschijning van Shamaran viel uit elkaar in honderden kleine slangen, die angstig weg krioelden door de gaten in de muur. Eén enkele slang bleef echter, samen met de veer, achter in Runaks grip. De illusie was verbroken.

'Niet alles is wat haar vorm impliceert,' zei Runak. 'Shamaran stierf lang geleden en jij hebt haar plek gestolen.'

De slang had beige en vaalgele schubben, in een patroon dat niet zou uitsteken in een bergachtige omgeving. Ze waren ruw en bij haar ogen reisden ze omhoog alsof het kleine hoorns waren. Ze stribbelde tegen en probeerde Runak te bijten, met ogen vuurrood van woede. Haar lichaam boog en draaide rond de armen van de prinses, maar ze stond machteloos. Runak gooide de slang tegen de muur en stak Simoerghs veer aan in een toorts.

De slang krijste bij de wetenschap wat er stond te gebeuren en snelde naar de toorts toe, maar de prinses schopte haar terug.

'Val haar aan! Vermoord haar voordat ze ons ten gronde richt!' commandeerde de slang wanhopig, maar geen van de slangen volgde haar bevel op, huiverig voor wat er komen zou.

'Niet iedereen met een kroon is een koningin,' zei Runak.

Zodra de veer was opgebrand en het vuur doofde, schudden de gangen en klonk er een oorverdovende knal. De prinses dook ineen om zichzelf te beschermen tegen de rondvliegende brokstukken.

Toen ze haar ogen opendeed, schitterden de wanden in de kleuren van Simoergh. De zon scheen door een nieuwgevormd gat in de wand en weerkaatste op Simoerghs lichaam.

13

Simoergh was ingeslagen als een bom en vulde met haar majestueus gekleurde lichaam de krocht van de slangen. 'U heeft mij geroepen – prinses – en ik heb geantwoord.' Haar stem galmde door de holle ruimte. 'Het ziet ernaar uit – dat ik u red – van dezelfde plaag – waar u – mij van heeft gered.'

De prinses stond op. 'Ik ben klaar voor de waarheid van de wereld, Simoergh.'

De slangen keken vanuit hun holen angstig op naar de grote Simoergh. Zij beantwoordde hun angst met minachting.

'Pas op – het moment van confrontatie – weet een mens – of ze er klaar voor is,' zei Simoergh terwijl ze haar hoofd omlaag bracht zodat de prinses op haar kon klimmen en spreidde haar vleugels.

'Wacht,' zei Runak alsof ze iets vergat. 'Jullie horen te weten dat Shamaran vrijwillig haar leven opgaf voor Jamisav.'

'Lieg niet, mens!' krijste de neppe Shamaran.

'Ze liegt niet – Jamisav werd gedwongen', voegde Simoergh toe.

Runak realiseerde zich dat Shamaran buiten haar paleis het leven liet. 'Simoergh, jij weet alles wat in het licht gebeurt!' zei ze enthousiast. 'Jij weet waarom Jamisav Shamaran verraadde.'

De andere slangen wachtten vanuit hun holen benieuwd naar wat Simoergh zou zeggen. Zij keek om zich heen en besloot de vragende ogen te beantwoorden. 'Jullie weten dat – eenieder die hier – tijd doorbrengt – op slangen gaat lijken – en – dat het water is – dat hun schubben onthult.'

De prinses keek vragend naar Simoergh. Wat zou dat betekenen voor haar?

'Dat wist ook – de vizier van Jamisav' koning – en toen diezelfde koning – een ongeneeslijke ziekte ten deel viel – ging hij op zoek – naar Shamaran – wiens helende krachten elke – kwaal kunnen verhelpen. Alle onderdanen – werden verplicht – naar het badhuis te komen. Zo werd Jamisav – ontdekt. De koning gebruikte – Jamisav – om Shamaran – naar buiten te lokken – en daar zag ze haarzelf omsingeld – door het mensenleger. Jullie koningin manipuleerde – de koning om haar gif – voor haar bloed aan te zien – en de rest kunnen jullie wel raden.'

Simoergh keek naar de omgevallen bekers. 'Het lijkt erop - dat haar list – zelfs voor haar onderdanen – geheim bleef. Jullie dachten – de prinses te vergiftigen – maar jullie schonken haar Shamarans krachten.'

De prinses keek om naar de angstige neppe Shamaran, gereduceerd tot haar werkelijke kleine lichaam. Ze stak haar hand uit. 'De wereld van de mensen heeft jou veel aangedaan en jij ons net zo veel. Is het niet tijd om de strijdbijl te begraven?'

De slang leek voor even in te willen stemmen en haar hol te verlaten, maar veranderde op het laatste moment van gedachten. 'Laten we onszelf niet voor de gek houden. Als ik meega naar de wereld van de mensen zal ik niet vergeten wat zij onze koningin hebben aangedaan en zij zullen hun gebeten geliefden niet vergeten. Er zal altijd pijn in onze harten dolen en ons elkaar doen wantrouwen. Dus laten we het verleden accepteren zoals het is. Het is niet nodig dat ik het licht zie en jij hebt geen slangenvrienden nodig.'

Ze keerde terug het gat in en verdween samen met de andere slangen in de wanden. Een lege uithouwing bleef over. De toortsen waren kapot en Shamarans troon gereduceerd tot puin.

Runak stak haar hand bij wijze van afscheid op in een lege grot. 'Het ga je goed, vijand van de mensheid.'

In deze wereld kan iets nooit zijn wat het niet is. Alles wat haar wezen ontkent zal haar wereld zien verdorren en haar zelf zien verdwijnen. De slang had het verlies van Shamaran, het verlies van haar koningin, niet kunnen accepteren en creëerde een illusie, in de eerste plaats voor zichzelf, zodat ze niet hoefde te leven met de waarheid. De illusie suste haar in slaap, want alleen slapend en verdoofd kunnen we de waarheid ontkennen. In een dromerige staat leefde ze door tot ze zelfs vergat wie ze zelf was, tot Shamarans paleis verdorde tot een levenloos grottenstelsel.

Simoergh kon amper haar vleugels uitslaan, maar slaagde er toch in om met een duizelingwekkende snelheid door het ontstane gat naar buiten te vliegen.

De prinses hield zich vast aan haar veren, terwijl Simoergh hoog boven de Zagros vloog. Voor het eerst keek ze neer op haar leefwereld en zag hoe klein deze was. Alles wat ze ooit had gekend, was in één opslag zichtbaar en verbleekte bij de grootte van de Zagros. En voorbij de Zagros, ver daar voorbij, hing een donkere wolk boven een gebied dat Runak alleen kon duiden als de plek waar haar voorouders vandaan kwamen. Op dat moment besloot ze op een dag daar heen te trekken en de duisternis daar te verdrijven.

'Prinses – begraaf u in mijn veren – en kom daar niet uit – voordat ik het zeg.'

Runak dook weg in de dikke veren totdat ze niks meer zag of hoorde van de buitenwereld. Het enige wat ze voelde, was de donzige zachtheid van Simoerghs veren en de rust van de stilte.

Plots werd ze achteruitgeduwd door een kracht. Dit duurde een aantal minuten, waarna ze zich volledig gewichtloos voelde.

'Nu mag u – naar buiten.'

De prinses zag een uitgestrekte leegte en ervaarde een stilte die haar deed twijfelen aan haar gehoor. In die leegte zweefde een blauwe bol. Haar ogen werden groot van verbazing. 'Waar kijk ik naar?'

'Dat is de Wereld – waar u leeft, prinses. Alles wat zich ooit – voor heeft gedaan – en wat zich – ooit nog voor zal doen – alle zorgen en – alles waar u naar uitkijkt – vindt daar plaats.'

Van deze afstand was er geen Zagros meer, geen koninkrijk, er was geen donkere wolk in de verte. Er waren geen bouwwerken, rivieren of mensen. Enkel een blauwe bol, bedekt met witte wolken, zwevend in zwarte leegte.

Simoergh stak uit tegen de grijze vlakte als de laatste boom in de herfst die haar gekleurde bladeren nog moet afschudden. 'En de waarheid – van deze Wereld – is enkel dat zij leeft – en ons leven schenkt. De zon – bevrucht haar grond – en uit haar groeien alle wezens – en alles wat zij nodig hebben – om te leven.'

De prinses keek vanaf de rug van Simoergh mee. 'Dit... leeft?' vroeg ze verbaasd. 'Maar hoe leeft het? Het is enkel steen, grond en water. Mensen leven, dieren leven, ja, zelfs planten leven. Hoe kan de grond leven?'

Simoergh keek om naar de prinses, haar grote ogen namen haar op. 'De waarheid – van de Wereld – kan niet geschonken worden – enkel geleefd,' zei ze, teruggrijpend op haar eerdere waarschuwing. Alsof ze hoopte dat de prinses toch iets van begrip in haar ogen kon opbrengen, keek ze weer naar de aardbol en vervolgde ze, 'jullie aanbidden mensen – jullie aanbidden goden

– jullie vrezen ze – hebben ze lief – werken voor ze – en trekken ten strijde – tegen ze. Maar in jullie drama – vergeten jullie dat – het leven jullie – geschonken is. En zo vrijelijk – als het geschonken is – zal het ook worden teruggenomen – en keert ieder leven terug – naar de schoot die haar baart.'

De prinses luisterde naar Simoergh terwijl ze probeerde te begrijpen wat zij bedoelde. Ze probeerde de zwevende bol volledig in haar op te nemen, om het geheel in haar totaliteit te ervaren, maar ze betrapte haarzelf er toch op te zoeken naar een glimp van haar koninkrijk.

'De schoot die haar baart? Dat zei de slang ook. Dat mensen vergeten dat de grond alles baart.' Runak was verbaasd dat zogenaamde wezens van het licht en van het donker hetzelfde zeiden over de wereld.

'Alle wezens – vinden hun oorsprong – terug in diezelfde – Wereld. Licht of donker – uiteindelijk vindt alles – hetzelfde eind – in dezelfde oorsprong.'

De prinses keek nog altijd met verbazing naar de levenloze bol. Nu konden ze onder de wolken door ook uitmaken welke delen water waren en welke delen land. Een schaduw trok over de bol. De nacht kwam.

'De Wereld laat – de mensen groeien – en zij vergeten dat – alles hen geschonken is – elke maaltijd – iedere overwinning – zelfs elke steen. Keer op keer herinnert – ze hen door – al haar giften terug te nemen – met vuur en water en wind – ze opent haarzelf – en slokt alles – wat ze dachten te bezitten – op – zij het vlees, steen, hout of staal. Alles neemt ze – terug en in haar – schaduw beginnen ze opnieuw – eerst in angst – maar al snel volgt de hubris – totdat ze weer – vergeten en hun – geschenken verwarren – met overwinningen. Het drama – van uw leven – is maar een voorbijgaande stofwolk – op de grond van de Wereld.'

De prinses dacht aan haar familie en aan Akam. Ze dacht aan haar vaders hart en aan haar drang om te vertrekken uit het ouderlijk huis. Ze dacht aan het gemis in haar leven, de leegte die ze pas voelde toen ze leerde over haar geschiedenis. Een gedachte baande zich een weg naar haar stembanden. 'Maar het is belangrijk voor mij.'

Simoergh keek weer om naar de prinses, haar kop dichtbij om haar te verstaan. 'Belangrijk – voor – u?'

'Ja. Het is belangrijk voor mij,' zei Runak nogmaals, met meer zekerheid nu.

'Wat is – belangrijk – voor u?'

'Mijn familie, mijn angsten, mijn voorouders, mijn volk. Het leed dat zij hebben geleden. De schoonheid die ze in zich hebben.' En vervolgens, alsof ze het geheel verpakte in één woord: 'ons drama. Het is belangrijk voor mij.' Haar stem klonk vastberaden.

Simoergh klapperde met haar vleugels, haar veren ordenend. 'Prinses van het jonge koninkrijk – aan de Zagros – uw drama – is uw pad. Laat mij u een laatste – gunst doen. Uw vader – staat op het punt – Akam, de krijger – te executeren – voor de misdaad – van het ontvoeren van een prinses. Bent u klaar – om uw schuld aan hem – in te lossen?'

Runak knikte. Ze wist wat haar te doen stond en niemand zou daar slachtoffer van hoeven worden.

Met de prinses veilig in haar veren, zette Simoergh zich af van de maan. De zwaartekracht liet haar zachtjes gaan, en ze zweefden een tijd in de ruimte tussen hemel en aarde. Ze genoten beiden van de kalmte en de rust voordat de Wereld hun aanwezigheid terugnam. Het zweven verviel al snel door de aantrekkingskracht van de aarde.

Alsof ze met hoon werden ontvangen, werden ze omgeven door een hitte die alleen in het diepste van de aarde terug te vinden was. Simoerghs schubben breidden zich uit en verplaatsten zich naar haar onderkant, waar ze bescherming boden tegen de temperatuur. De kalme gewichtloosheid was vervangen door het hevige beven van Simoerghs lichaam, dat alles eraan deed om niet te imploderen door de druk van de atmosfeer.

Zo snel als het beven begon, was het ook voorbij. De Wereld had hun terugkomst geaccepteerd en ze een veilige passage gegund. Simoergh dook richting het koninkrijk.

14

In het mensenrijk waren de inwoners verzameld om het vonnis van hun koning aan te horen en de afgang van een held te bejammeren. Een krijger, die het verdiend had aan de zijde van de koning te verblijven en hem te beschermen, was de weg kwijtgeraakt. Hij stond nu op de binnenplaats van het paleis om zijn laatste vonnis aan te horen. Gedroogde korsten van amper geheelde wonden omlijnden Akams jukbeenderen. Zijn gehavende gezicht was verkleurd en vervormd. Hij poogde met trillende benen zijn balans te bewaren op de emmer, terwijl het om zijn nek schurende, ruwe touw verse wonden creëerde. Zelfs in zijn laatste momenten gunden ze hem geen rust.

'Voor het verloochenen van zijn plichten, het ontvoeren van de prinses, het verlaten van vrouw en kind, hoogverraad aan koning Sherwan, hoogverraad aan het volk, daarvoor veroordeelt het hof, Akam de krijger, tot hangen aan de nek tot de dood,' sprak de beul uit richting de aanwezigen, als een toneelstuk waar niemand voor had geoefend, maar waarvan iedereen het script kende.

Het publiek schreeuwde en brulde vulgariteiten naar de uit gratie gevallen held. Hij had zijn eer verraden en daarmee ook zijn menselijkheid opgegeven.

De koning toonde zich barmhartig vanaf zijn balkon boven de menigte. 'Akam, jij was als een zoon voor mij. Ik heb je opgenomen in de boezem van mijn rijk. Vertel ons wat je met de prinses gedaan hebt; laat haar geen slachtoffer van je handelingen zijn.'

'Ik weet niet waar ze is,' sprak een schelle Akam, in een wanhopige poging geloofd te worden. 'Ik heb haar niet meer gezien sinds ik buiten bewustzijn werd geslagen.'

De koning, vastberaden om zijn macht tentoon te stellen, opdat geen onderdaan zou denken dat zijn alwetendheid ontlopen kon worden, nam geen genoegen met dit antwoord. 'Als je koning niet genoeg is om de waarheid te vertellen, doe het dan tenminste voor je vrouw en kind.'

Akam had de martelingen doorstaan met een ijzeren wil. Maar het plotselinge aanzicht van zijn vrouw en dochter, huilend van verdriet, hun gezichten gevuld met angst brak hem. Zoute tranen rolden over zijn gezicht, die bleven hangen in de wonden en korsten, alsof zelfs zijn verdriet niet vrij mocht stromen.

'Laat hun in je laatste momenten zien dat er nog een greintje eer in je zit, zodat ze tenminste nog kunnen zeggen dat de belangrijkste persoon in hun leven stierf als een man.'

Akams wil was gebroken. Waar was zijn plichtsgevoel en eer goed voor als hij niet eens de belangrijkste personen in zijn leven kon beschermen? En met zijn gebroken wil, begon het vuur in zijn hart te doven. Maar voordat het vuur verdween, werd het nog een laatste keer aangewakkerd door een windvlaag.

Simoergh had hun vrije val met een klapper van haar vleugels omgezet in zweven. Rustig landde ze op het paleis, uitkijkend op het plein waar de executie plaatsvond. Elke beweging van haar vleugels voelde als een windvlaag, zodat de mensen zich schrap moesten zetten om staande te blijven. De magische vogel kleurde zilver in het maanlicht en verblindde de aanwezigen. Op de rug van dit wezen stond een menselijk figuur. Afgetekend tegen de volle maan was slechts een silhouet zichtbaar, haar haren vrijelijk wapperend in de wind.

'Hoor mij, wijze koning Sherwan! Uw dochter is teruggekeerd om de duisternis uit te bannen!'

De ogen van de toeschouwers waren inmiddels gewend aan het donker en het silhouet onthulde zichzelf als de vermiste prinses. Zowel de leden van de koninklijke familie als het aanwezige volk keken vol ontzag toe.

Enkel de koningin merkte op dat haar dochter geen kind meer was. Ze had een belangrijke stap in haar ontwikkeling gezet. De wereld waarin ze leefde, was niet meer vanzelfsprekend of onschuldig. Ze was klaar om haar lot te vervullen. Daarom was de koningin de eerste die kon spreken. 'Dochter van mijn hart, pracht en praal van ons koninkrijk. Eindelijk ben je naar ons teruggekeerd.'

Simoergh deed haar hoofd omlaag, zodat de prinses haar ouders kon vergezellen op het balkon en vloog weer weg. Runak omhelsde haar ouders, voor het eerst in haar leven bewust. Haar vader voelde haar armen om hem heen en haar toewijding in de omhelzing. Zijn dochter was eindelijk bereid om thuis te blijven.

'Het spijt me, vader en moeder. Ik heb jullie verloochend. Door weg te rennen van jullie, rende ik weg voor mezelf. Door mijn geboorterecht af te wijzen, wees ik de pijn van onze voorouders af. Ik heb jullie pijn en hoop weggestopt omdat ik vrij wilde zijn. Maar ik begrijp nu dat geen van ons vrij is totdat we bevrijd zijn van de schim van ons verleden.'

De prinses vulde de harten van haar ouders met de liefde van haar woorden. Voor het eerst in hun leven gaf ze hun het gevoel dat ze haar konden vertrouwen. Ondanks hun overtuiging dat zij de toekomstige erfgename moest zijn, hadden ze krampachtig geprobeerd haar te overtuigen, te sturen, te leiden. Dat hoefde niet langer.

Alsof de rollen waren omgedraaid stelde de prinses haar vader gerust. 'Vandaag hoeft u geen krijger te verliezen, vader,' zei ze en keerde zich naar het volk.

De koning werd geconfronteerd met de gevolgen van de opvolging. Hij verkrampte bij het besef dat niet hij het laatste besluit zou hebben over wat hier gebeurde, dat zijn macht uitgedaagd werd.

'Ontspan, Sherwan. Vertrouw je last aan het licht van ons leven,' zei zijn vrouw, die zijn spanning aanvoelde.

En met het vertrouwen in zijn vrouw, en zijn dochter, liet de koning Runak haar plek innemen als toekomstige heerser van zijn rijk.

Akam stond nog op dat platform, zijn nek in de strop. Zijn vrouw en kind waren bij hem gaan staan en keken naar de prinses die kortgeleden als een kind voor hun huis had gestaan.

'Het is mijn beurt om jou te beschermen,' leek ze hem toe te fluisteren. Ze had door haar naïviteit Akam in gevaar gebracht en zou dat nu rechtzetten. Maar dat moment was nog niet gekomen.

'Zolang wij ons kunnen herinneren, schuilt er een dreiging in onze harten.' De woorden van de prinses raakten de toehoorders als een donderslag bij heldere hemel. 'Een schim die we niet kunnen verbannen of begrijpen. Ze is als een besmettelijke ziekte, overgedragen van ouder op kind. Ze leeft al zo veel generaties in ons midden, dat we haar niet eens meer opmerken. Ze is het behang aan onze muur, het meubilair in onze huizen, de kramen op onze markten. Ze ontglipt aan ons bewustzijn, waar ze vanuit de duisternis kan groeien en ons beheerst.

Ik weet dat jullie er een glimp van opvangen wanneer de wereld stil is en er niemand om je heen is. Die schim liet onze voorouders als kinderen achter in de grotten van de Zagros, en diezelfde schim weerhoudt ons er vandaag de dag van te dromen over de toekomst.'

De mensen luisterden alsof ze herinnerd werden aan een vergeten gebeurtenis uit hun jeugd of aan een verre droom. De prinses praatte openlijk over iets waar nooit openlijk over gesproken werd, wat nooit erkend werd.

'Maar hier, in dit boek, staat de oorsprong van ons volk beschreven. Ik zal jullie precies vertellen wie die schim is, zodat we die uit de duisternis kunnen trekken en in het licht zien verdampen. Ver voorbij de Zagros leeft een wrede koning. Hij neemt zonder onderscheid de levens van zijn onderdanen om zijn duivelse natuur te voeden. Maar engelen konden zijn donkere magie gedeeltelijk ontduiken en redden elke dag één kind.

Die geredde kinderen zijn onze voorouders. Zij zijn weggerukt uit de veiligheid van hun families en als een wonder is hun leven gespaard. Ze werden gered van het noodlot en hebben ons voortgebracht. Wij zijn nooit verlaten of weggegooid. We zijn de geredde hoop van een genadeloos onderdrukt volk! Wij zijn het licht in de schaduw! Onze zielige toestand komt voort uit de wens van onze vaders en moeders om ons te laten leven!'

De weggestopte angsten van de toehoorders kwamen naar boven. De reële dreiging van geroofd worden, was als een onbepaalde angst blijven voortbestaan: als een schim. Nu het licht erop scheen, raakten mensen in paniek. Boven het geroezemoes uit klonk Runaks stem als maanlicht in een donker huis. 'Luister goed, mijn dienaren! Vrees niet de angst, maar wees hoopvol voor het licht! Jullie prinses is niet teruggekeerd uit de hemel om jullie angst aan te praten. Hoed mijn woorden!'

Het werd stiller. Alle ogen richtten zich weer op het balkon met de prinses die sprak als een vorstin. Runak wachtte tot ze de wind weer kon horen zoemen.

'Het is mij nu duidelijk hoe ver de wijsheid van onze koning strekt. Hij heeft de duisternis nooit uit het oog verloren. En hij zag wiens lot het was om het licht hierheen te brengen. Dat was mijn lot! Ik ben teruggekeerd uit de hemel enkel en alleen met die reden. Ik heb de duisternis met eigen ogen gezien en onze taak is helder. Wij zullen terugkeren naar de duivel van ons verleden en de wrede koning uitbannen. Om die reden, zal ik de kroon bestijgen als jullie koningin!'

De prinses keek neer op de uitbundige gezichten van haar volk. Weldra zou zij haar vader, die een arm om haar heen had geslagen, opvolgen en hen leiden naar het begin van hun ontstaan. Ze zou, oog in oog met de verschrikking van het verleden, rechtzetten waar haar voorouders niet in toe staat waren geweest.

Met het vertrouwen in haar op zijn piek, was het tijd om haar schulden te vereffenen. 'Laat Akam de krijger vrij. Zijn enige misdaad was zijn moed om mij te volgen en te zien wat ik nog niet zag.'

Akams boeien werden losgemaakt en hij maakte een buiging naar de prinses. Hij omhelsde zijn gezin en werd van het plein af begeleid.

Het ontstaansverhaal van het volk werd na die dag in alle uithoeken van het koninkrijk verspreid. De reizende zangers, dengbej genaamd, vertelden hoe de prinses was afgereisd naar de diepste krochten van de wereld om daar, in de duisternis, de oorsprong van hun ontstaan te ontdekken. Ze vertelden hoe ze door een engel was teruggebracht met de taak om de vreselijke koning Zahhak van de aarde weg te vagen. De dengbej spaarden geen superlatieven om zijn demonische aard te verwerken in hun vertellingen. De ene keer was hij groot als een olifant. Dan weer was hij lelijk als de nacht of had hij drie hoofden, drie monden en zes ogen. Hij kon je in je dromen pakken en hij at het liefst stoute kinderen. De schim kreeg een definitieve vorm. Een vorm die vernietigd moest worden.

De mensen verwelkomden de nieuwe geschiedenis als een lang vergeten vriend. En ze werden opgezweept bij het idee dat de duivel zou worden neergehaald door henzelf. Zelfs de minder gelieerde en vijandige clans verenigden zich onder één banier tegen een gezamenlijke vijand. En hun leider werd de prinses, die hen had herenigd met een verleden dat ze niet kenden. Het was een tijd van grote verzoeningen, van vergeving, van tot vijand geworden kameraden die elkaar hervonden. In de wetenschap dat hun voorouders eenzelfde tragedie ten deel was gevallen, vervielen hun huidige rivaliteiten. Het was ook een tijd van voorbereiding, van anticipatie. Alle clans werkten toe naar de oerstrijd. Het gevecht waarin ze wraak zouden nemen voor wat hun was aangedaan en waarna ze voor eens en altijd verlost werden van die sluimerende angst, van die schim die net buiten hun bewustzijn nestelde.

III
Lentebloei

15

Voordat de verenigde clans van het koninkrijk ten strijde konden trekken, moest de prinses een koningin worden—en een koningin moet een koning naast haar hebben. Daarin zagen de krijgsheren, edellieden en mensen op belangrijke posten een kans om hun status te verhogen. Vanuit het hele koninkrijk trokken ze met hun in aanmerking komende zonen naar het paleis om hen aan de prinses te presenteren.

Runak was nooit geïnteresseerd geweest in mannen en ook nu snapte ze niet waarom de dienstmeisjes zwijmelden bij elke man te paard, met overdreven kledij en dolken dusdanig versierd dat ze onbruikbaar waren.

'O, prinses. U heeft zo veel geluk om uit al deze knappe en welgestelde mannen te kunnen kiezen. Ieder zou zonder blikken of blozen voor u sterven!' zei een dienstmeid met diepe zuchten en rode wangen, terwijl ze Runaks haar borstelde.

'Maar ik wil niet dat ze voor me sterven. Aan een dode koning heb ik niets,' protesteerde de prinses, niet begrijpend wat de dienstmeiden, die de charmes van het hofmaken al hadden ervaren, bedoelden.

Nu ze de eerste fase naar vrouwelijkheid had doorgemaakt, was het tijd voor haar moeder om haar te onderwijzen over haar aanstaande rol als echtgenote. De prinses reageerde met afgrijzen over wat er allemaal plaatsvond binnen een huwelijk. Ze wilde trouwen uit praktische overwegingen, om iemand naast haar te hebben en zo haar positie legitimiteit te verschaffen. Aan het consumeren van het huwelijk of kinderen baren had ze nooit gedacht.

'Als je de juiste man hebt gevonden, zul je het begrijpen, mijn schat,' sprak de koningin haar liefelijk toe.

'Nou, ik denk het niet, hoor. Met hun bedwelmende geur en zwetende lichamen zijn het net beesten. Een verstandshuwelijk om mijn rol te volbrengen, dat lijkt mij het beste voor iedereen.'

Het dienstmeisje lachte. 'Maar prinses, het is maar wat heerlijk om zo vastgepakt te worden door die beesten!'

Ze zag de oordelende blik van de koningin en stamelende een excuus. 'Het is belangrijk dat u een man kiest die goed voor u zorgt. En iemand met niet al te veel eisen. Mannen kunnen nogal veeleisend zijn.'

De koningin keek uit over het plein naar de aankomende gasten. 'In de eerste plaats kies je een echtgenoot, op de tweede plaats pas een koning. Kies iemand bij wie je alle politiek achterwege kunt laten.'

'Juist! Je moet iemand kiezen die je hart sneller laat kloppen, een romanticus, met bloemen. En een knapperd!' vervolgde het dienstmeisje.

De prinses twijfelde bij elke beschrijving meer aan haar keuze om snel te trouwen. 'Hoe hebben jij en papa elkaar eigenlijk ontmoet?' vroeg ze, in een poging het onderwerp te veranderen.

'Op onze bruiloft.'

De twee jonge dames waren met stomheid geslagen.

Gelawezj lachte. 'We leven nu in andere tijden,' stelde ze hen gerust. 'Vrouwen worden niet meer geacht te trouwen zonder hun partner te leren kennen en er is meer ruimte voor eigen keuzes. Maar met deze nieuw verkregen vrijheid hebben wij vrouwen een extra verantwoordelijkheid gekregen. De verantwoordelijkheid van het kiezen.'

'Maar je wil toch juist veroverd worden? Versierd worden! Een echte man wacht niet geduldig af totdat jij je keuze maakt,' reageerde het dienstmeisje.

'Maar hoe moet je dan kiezen?' vroeg de prinses.

'De keuze van een vrouw is niet één van afwegen en oordelen. Het is een keuze van het hart. Het eerste wat je moet begrijpen, mijn liefste, is dat mannen pas volwassen worden als ze hun hart toewijden aan een vrouw. Daarvoor, en voor sommigen is dat hun hele leven, blijven ze kinderen die elkaar op de speelplaats najagen. Alleen met grotere gevolgen.'

Runak reageerde verschrikt. 'Maar ik wil geen moedertje spelen, mama. Ik vind dit hele plan steeds verschrikkelijker worden.'

'Het ergste wat je je man kunt aandoen, is zijn moeder spelen, dochter van me,' zei de koningin met een lach. 'Je zult deze woorden nog niet begrijpen, maar onthoud ze goed. Kies een man die in de storm van jouw liefde met open armen blijft staan. Kies een man die het stromen van jouw hart nooit afremt. Kies een man die jou op een voetstuk draagt, maar nooit over zich heen laat lopen, die jou net zo liefdevol aanbidt als dat hij je weerspreekt. Menig vrouw dempt haar vuur om de man van wie ze houdt niet te branden. Daarmee schaadt ze de hunkering om geliefd te worden en belemmert ze de noodzakelijke groei van haar echtgenoot.'

Het dienstmeisje onderbrak het borstelen om een traan weg te pinken. De jonge vrouw had in de woorden van de koningin haar eigen ingeperkte hart gevoeld; een hart dat kon branden als de zon en zachtaardig zijn als een warm bad. Ze had zichzelf kleiner gemaakt in de hoop de man naar wie ze verlangde niet af te schrikken, om niet te veel te zijn. Pas nu had ze gevoeld wat voor geweld ze zichzelf had aangedaan.

Een mens hoort allereerst trouw te zijn aan het eigen hart. Want het is in dat hart waar haar lot besloten ligt. Pas wanneer ze dit hart volgt en geen ander, kan ze samensmelten in een ander hart wiens lot het hare is. Die realisatie openbaarde zich in haar als een verlichting die haar twijfels wegspoelde, als de zee het zand.

De prinses werd in die weken voorgesteld aan vele jonge en oude mannen die een kans waagden om haar liefde voor zich te winnen. Op advies van de koning beperkten ze zich tot drie jongens die de prinses persoonlijk mochten spreken, na de eerste ontmoetingen. 'De zoon van de Salahedins is intelligent en zijn familie is ons goed gezind. Hij zou een formidabele alliantie kunnen samenstellen. De Qubads beheren een sterke lijn van oorlogspaarden. Met hen aan onze zijde verdubbelen we onze militaire macht. Maar de Xurmals zijn rijke, pientere handelaren en bekleden veel belangrijke posten.'

Runak, onbekend als ze was op dit terrein, viel terug op haar vaders kennis en overtuiging. De eerste twee waren welbespraakt en heldhaftig. Ze misten geen kans om lofzangen over haar schoonheid af te steken. Ze zouden haar de wereld schenken om haar te winnen. Elke avond dat ze op weg waren naar het paleis verlangden ze heviger naar het zien van de prinses en eenmaal in haar aanwezigheid waren ze verblind door haar schoonheid en gracieuze verschijning, of zo claimden zij, elk in hun eigen overdreven bewoordingen.

'Te vermoeiend,' verzuchtte de prinses bij haar dienstmeiden. 'Zijn ze allemaal zo intens?'

Met tegenzin begon ze aan haar ontmoeting met Yaran Xurmal. Runak had zich schrap gezet voor weer een monoloog bij hun ontmoeting, maar hij had zich enkel voorgesteld met zijn naam. In plaats van opluchting, voelde ze teleurstelling. Blijkbaar had ze toch enig plezier gehaald uit de lofzangen. Hun gesprek was timide, maar plezant. Haar gesprekspartner leek meer zoekend dan vastberaden. De onderwerpen waren alledaags en van weinig belang, maar een gesprek was het wel.

'Yaran, waarom zou ik jou als echtgenoot moeten kiezen?' vroeg ze uiteindelijk om de oppervlakte te verlaten.

Hij lachte. 'Eerlijk gezegd, prinses, het is mijn vaders wens dat ik u trouw. Persoonlijk heb ik me nooit geïnteresseerd voor het huwelijk. Maar hij denkt dat het een uitstekende kans is om de invloed van onze familie te laten groeien. Althans, zo stond ik erin tot ik uw ogen zag schitteren bij mijn ontvangst.'

Yarans compliment kwam onverwachts en brak daarmee door Runaks verdediging heen. Het was deze onbevangenheid die zich een weg baande naar een sluimerend deel van de prinses. Een deel dat zich veilig voelde doordat er geen toneelstuk opgevoerd werd. Yaran legde enkel zijn binnenwereld bloot en die wereld voelde als een plek waar ze zich thuis kon voelen.

Runaks natuurlijke nieuwsgierigheid werd gewekt, vergezeld door een klein vuurtje in haar buik. 'Was jij dan, net als de anderen, ook zo "overdonderd door mijn prachtige irissen zo bruin als de schors van een boom bij sneeuwval," Yaran?' zei ze schertsend.

Ze liepen door de tuinen van het paleis, waar ze zichtbaar waren. De geur van jasmijn en lelies vergezelde hen op elke hoek. Hij stopte en keek haar voor het eerst sinds het gesprek recht in de ogen aan. 'Nee, ik was overdonderd door uw blik.'

Runak schrok van zijn directheid. 'Hoe bedoel je?'

'U keek naar ons alsof wij een stijgbeugel waren naar iets groters. Iets waarin ik een rol te spelen heb.'

Een dag later waren ze verloofd en een week later begon hun bruiloft. Het uitbundige feest nam de hele stad in beslag. Dagenlang waren de straten gevuld met de geweldigste muziek en dansende mensen. Het lekkerste eten was op elke straathoek dag en nacht verkrijgbaar.

Niemand danste uitbundiger, of genoot meer, dan de twee vaders, die beiden uitzinnig waren vanwege de keuzes van hun kinderen. De vader van Yaran omdat hij zich geen machtigere bondgenoot kon voorstellen dan de koning zelf; de koning omdat het licht van zijn leven de voorwaarden had vervuld om hem op te volgen door te trouwen met iemand uit een respectabele familie. De uitbundige blijdschap van de twee vaders ontging de andere feestgangers niet, en in zachte stemmen gevolgd door bulderend gelach werden ze schertsend 'de bebaarde bruiden' genoemd.

Ook agha Simko had zijn zoons aangeboden, maar ondanks zijn respectabele positie waren zij niet eens uitgenodigd voor een gesprek met de prinses. Simko was niet alleen vanwege de onmiddelijke afwijzing van zijn zoons gekrenkt, maar ook doordat hij het liefst zichzelf had aangeboden. Ouder, meer ervaren en hoofd van de op een na machtigste clan was hij absoluut de beste optie geweest. Met afgrijzen keek hij toe op een bruiloft waar hij eregast had horen te zijn.

Het pasgetrouwde stel zat echter timide op hun troon en ze ontvingen gelaten alle felicitaties en cadeaus. Een eindeloze stroom aan mensen verwelkomde hen in hun nieuwe leven, met een vrolijkheid die geen van de twee kon teruggeven. In al die hectiek en onwetendheid deelden ze tenminste elkaars gemoed. Ze wisten niet wat ze van dit nieuwe hoofdstuk in hun leven moesten verwachten, maar ze wisten het in elk geval samen niet.

Runak en Yaran gebruikten hun gehele huwelijksreis om elkaar te leren kennen. Er was niet meer dan een kiempje geplant voordat ze trouwden; het begin van een liefdevolle relatie. Het eerste moment van verdieping was toen ze samen genoten van de zonsondergang. Na het samen doorbrengen van de dag, rustten ze uit in de tuinen. De prinses raakte betoverd door de zon die de doffe toppen van Korek verlichtte, tot ze een warm kleurenpalet vormden in de lucht.

Ze draaide zich om naar haar echtgenoot en ontmoette zijn ogen. De zon verlichtte de linkerkant van zijn gezicht, gaf hem een hemelse tint. Zijn ogen dwaalden niet over haar lichaam, maar gingen recht door haar heen, alsof hij poogde om het binnenste van haar ziel te aanschouwen. Onder de warmte van zijn blik ontbrandde een verlangen om de warmte van zijn omhelzing te voelen.

De dagen daarop leerden ze elkaars jeugd kennen, elkaars dromen en angsten. Ze raakten verdwaald in lange gesprekken, gezamenlijk gelach dat ze beiden buikpijn gaf. Ze herkenden zo veel gelijkenissen in huns levenslopen dat ze begonnen te geloven dat ze elkaars spiegelbeeld waren, hun verschillen veranderden in elkaars complementen.

Op een zekere nacht, toen de emoties hoger opliepen dan woorden ze konden bijbenen, ontdekten ze elkaars aanraking. Ze wisten niet meer wie de hand van de ander als eerste raakte. Ze herinnerden zich alleen de plotse schok die door hen heen ging, maar gesteund door hun huwelijksstatus rustten hun handen in elkaar. Het verlangen werd groter, hun oogcontact dieper en de afstand tussen hun lichamen kleiner. Hun lippen vonden elkaar als vervreemde geliefden, herenigd na een lange poos van eenzaamheid. Haar lichaam was zacht en verwelkomend terwijl het zijne haar stevig vasthield en verder in vervoering bracht. De huid van de een verlangde naar de huid van de ander en hun ledematen bewogen om de stoffen barrières tussen hen in weg te halen. Voordat ze het wisten, lagen ze op het bed, huid tegen huid, weggezonken in een wereld waar niks anders bestond dan de sensaties van hun lichamen.

De dagen en nachten daarop leerden ze elk stuk van elkaars lichaam kennen; de gevoelige plekken, de zachte plekken, de geheieme plekken. Ze leerden elkaar genot te brengen met hun blikken en handen, met hun woorden, met hun monden. Yaran had vanaf de eerste aanraking gemerkt hoe haar lichaam reageerde op zijn avances en haar voelen openen tot de diepere niveaus van genot dreef hem voort.

In een blind verlangen om te ervaren wat er nog meer mogelijk was, zocht hij de grens van haar comfort op. Het voorzichtige, maar vastberaden doorzetten van haar echtgenoot hield de prinses in een staat van constante opwinding. Ze ontdekte delen van zichzelf die ze niet kende; een zachter deel, een deel dat veilig wilde zijn in zijn omhelzing, maar tegelijk overmeesterd worden door zijn vastberadenheid. Ze verlangde naar zijn zelfvertrouwen en liet hem toe in haar lichaam. En vanuit haar lichaam, in haar hart. Hun lichamen smolten samen, en ze voelden wat het betekende om elkaar te ontvangen. De nachten waren gevuld met een passievolle lust, die, eenmaal verzadigd, ruimte maakte voor een tedere liefde.

Op een zekere nacht diende een weggestopte herinnering zich bij Runak aan. Lang geleden had ze een jongen ontmoet aan de Zab die sprak over zaken die ze niet begreep. Hemins woorden weerklonken in haar hoofd, maar nu besefte ze dat hij en zijn geliefde hetzelfde ervaren hadden als zij met Yaran.

Ze huilde voor de misdaad waar zij slachtoffer van waren geweest en voor Hemins verlies. Ze huilde om haar kille houding tegenover een jongen die niet wist wat hij had ontdekt. Ze huilde omdat hij niemand had die hem kon vertellen dat zijn liefde niet kwalijk was, maar enkel het begin van een volmaakte schoonheid.

Haar kersverse echtgenoot, geschrokken uit angst iets verkeerds gedaan te hebben, snelde om haar in zijn armen te warmen. 'Mijn lief, het spijt me. Ik heb je gekwetst. Vertel me wat ik gedaan heb.' Hij veegde de tranen van haar gezicht en zag in haar ogen dat de liefde nog intact was.

'Jij zou mij nooit kunnen kwetsen,' antwoordde Runak.

'Wat is het dat je zo plaagt, lief?'

Ze keek haar echtgenoot aan en voelde haar liefde groeien. Ook in haar verdriet hield hij haar vast met dezelfde tederheid in zijn blik. 'We mogen nooit vergeten dat onze liefde niet draait om het genot en het plezier. Deze liefde vraagt iets van ons. Ik weet nog niet wat, maar wat het ook is, we moeten het waardig worden. We moeten de liefde waardig worden.'

16

De verkenners waren teruggekeerd. Dappere ruiters hadden het onbekende terrein voorbij de Zagros getrotseerd om op onderzoek te gaan. Daar leerden ze dat de tiran Zahhak na duizend jaar nog steeds heerste over het land van hun voorouders. Maar geen tiran kan eeuwig zonder tegenstand heersen. Waar despoten slachtoffers maken van rechtschapen mensen, verenigen de ondergeschikten zich in steeds grotere getale.

Deze opstand had haar oorsprong in een vader voor wie het verdriet van niets doen groter was dan de smart die hem te wachten stond als rebel. Kawa was een smid die werkte in Zahhaks paleis. Dag in en dag uit zwoegde hij in de brandende hitte om de verfijndste werktuigen en wapens te maken. Maar hoe hard hij ook werkte, hoe verfijnd zijn ambacht ook werd en hoe veel profijt Zahhak ook had van zijn werk, Kawa kon zijn gezin niet beschermen tegen de blinde gulzigheid van de koning. Al zes van zijn kinderen waren geofferd aan de onstilbare honger van zijn koning, en toen zijn laatste kind geroepen werd, was Kawa de eerste in duizend jaar die de wil van de koning durfde te trotseren. Hij scheurde zijn zwartgeblakerde schort af in de hal van de koning en maakte er een vlag van. Marcherend door de straten verzamelde hij direct een klein gevolg. Hij trok door de dorpen en uiteindelijk de bergen in. Overal waar hij kwam, groeiden zijn manschappen want geen plek was zonder verhalen van verdriet en verlies, die als zaden in de wintergrond wachtten op de lente.

'Uwe Majesteit, Zahhaks bereik is even gruwelijk als dat het groot is. Daarom zal Kawa medestanders vinden waar hij ook gaat. En als kinderen uit dezelfde lijn van slachtoffers verzoeken zij ons om ons aan te sluiten bij deze heilige oorlog.'

Het hof was gevuld met mensen die het verhaal van de verkenners kwamen aanhoren. Op de troon zat hun nieuwe leider, koningin Runak. Ze was maar enkele jaren ouder, maar had in korte tijd haar rol eigen gemaakt. Haar gezicht was de kinderlijke onschuld ontgroeid en zij haar naïviteit.

De koningin stond op met geheven kin. 'Breng het bericht aan Kawa de smid dat zij bondgenoten zullen vinden in onze verenigde troepen.'

De zaal applaudisseerde trots voor hun koningin.

Ze wachtte tot het rumoer neerdaalde. 'Ga en breng het bericht ook aan alle clans. Breng het bericht dat de dag waarop wij ons wreken en in vrijheid zullen leven nabij is.'

De strijdmachten waren in de eerste plaats loyaal aan hun plaatselijke stamhoofd. In het verleden gingen deze clans, afhankelijk van de situatie, allianties of de strijd met elkaar aan. Zelfs koning Sherwan kon niet rekenen op blinde loyaliteit, maar moest onderhandelen of zo nodig strijden om zijn positie te behouden. Maar die eeuwenoude rivaliteiten brokkelden langzaam maar zeker af. De ontdekking van hun gezamenlijke geschiedenis was reden genoeg om de conflicten te begraven en hun wapens te onderwerpen aan de nieuwe koningin.

Troepen uit alle lagen van de bevolking en uit alle clans waren verzameld om te beginnen aan de lange tocht; een tocht die hen voorbij de Zagros zou brengen. Met aandacht wachtte het verenigd leger op de toespraak van hun koningin.

Runak twijfelde. Het theater van het hof had ze snel eigen gemaakt, maar ze had nog nooit een slagveld gezien, en wist ook niet hoe te enthousiasmeren voor strijd en oorlog. De hoeveelheid strijdkrachten voor haar intimideerde haar. Het geluid van duizenden klinkende harnassen en wapens bracht haar uit haar concentratie.

De troepen droegen wapens en bescherming die hun lokale gebruiken weerspiegelde, zodat men in één opslag kon zien waar ze vandaan kwamen. Enkel de vrouwelijke soldaten kenden een gebruik dat overal terugkwam. Zij hadden allemaal een klein mes, vlijmscherp, verstopt onder een stuk stof onder de dominante pols. Deze dolk was niet bedoeld voor de vijand, alhoewel menig vijand zijn leven eraan zou verliezen voordat het gebruikt werd voor zijn originele doel. Deze dolken waren bedoeld om te voorkomen dat zij hun eer zouden verliezen als ze in handen vielen van de vijand.

'Mijn soldaten, bereid jullie voor!' Runak deed een poging luid te klinken, maar haar stem weerkaatste op de harnassen en haar woorden verdwenen in het open veld.

Onrust ontstond in de gelederen.

Uit een van de flanken bewoog een grote man te paard en hij presenteerde zich aan de groep. Agha Simko liet zich zien. Voor mannen als Simko kunnen vrouwen maar één van twee dingen zijn: een trofee om te winnen of een obstakel om te vernietigen. En Runak had de eerste optie onmogelijk gemaakt.

'Majesteit, wij zijn vereerd om u te mogen dienen en wachten met smart op uw aansporingen. Ons succes rust op uw schouders.'

De koningin deed een poging standvastig te reageren, maar voordat ze haar woorden kon uitspreken, onderbrak hij haar. 'Majesteit, geen heerser kan succesvol zijn zonder een kampioen. Zelfs uw heerschappij, wijs en machtig als u bent, kan niet ontsnappen aan het lot.' Hij keek met ingestudeerde regelmaat om van Runak naar de manschappen. 'Als wij erop uittrekken zonder een kampioen, dan brengt dat onze missie in gevaar.' Hij wachtte met het voortzetten van zijn relaas om twijfel de kans te geven te groeien.

'Uw sluwe tong zal vandaag niet ongehinderd zijn gang kunnen gaan, agha Simko,' reageerde Rezan, vaardig in het horen van politieke doeleinden. Zijn paard liep richting de agha, hinnikend en trappelend, alsof hij onrustig werd van de onderstroom. 'Uw pogingen om koningin Runak te ondermijnen, zullen niet onopgemerkt blijven.'

Twee van Simko's mannen stapten naar voren, waardoor de agha zich geroepen voelde om Rezans uitdaging te beantwoorden. Hij kon het zich niet veroorloven om twijfel te laten ontstaan over zijn mannelijkheid. 'Is dit hoe jongeren tegenwoordig respect betuigen aan hun ouderen?'

Enkele van Rezans mannen voegden zich nu ook naast hem. Er ontstonden nu langzaam twee groepen, bestaande uit Rezans en Simko's troepen die klaar stonden om de eer van hun meerdere te verdedigen. Rezan spoog op de grond voor Simko's voeten.

'Pas op, jongen. Respect voor ouderen is een privilege dat je niet wil mislopen op het slagveld,' zei de agha, terwijl hij zijn steigerende paard in toom hield.

'En anders moet ik het respect in je kerven, zodat je het niet vergeet,' voegde een van Simko's mannen toe met zijn hand op de schede van zijn dolk.

Alle mannen plaatsten hun handen om hun scheden, klaar om de wapens te trekken. De expeditie zou uitmonden in een interne strijd, nog voordat ze ooit een meter hadden gemarcheerd.

Toch kon Rezan een dergelijke bedreiging niet over zijn kant laten gaan. Met een ijzige stem reageerde hij, 'als je een man bent, zeg je dat nog eens, onderdeurtje!'

De paarden werden onrustiger en stof waaide omhoog door hun getrappel. De stemmen werden luider en tegelijkertijd werd het gesprek moeilijker te volgen voor de manschappen buiten de kring.

De onenigheden waren opgekomen als een storm, ogenschijnlijk uit het niets, en dreigden de eenheid van de manschappen in een ruk weg te vagen en hen tot vijanden van elkaar te maken.

Voordat de situatie verder kon escaleren werden de hoofden gericht op een galmend geluid van ijzer dat tegen ijzer kaatste. Ze zagen een zwart paard en een figuur uit de richting van de zon op hen af galopperen. Het paard was bekleed met schitterende gouden sieraden, en vormde met zijn getrappel het geluid van oorlogstrommels. Voordat ze Akam herkenden, herkenden ze in de zwarte gestalte de onstuimige Raksh, het paard dat maar aan één rijder gehoorzaamde. Raksh stormde de heuvel af in een stofwolk die zijn schaduw weerkaatste en hem net zo groot toonde als hij in de voorstelling van zijn kameraden was. Op zijn rug droeg hij de enige kampioen die onder alle strijders dezelfde respect genoot.

Het was Hanar geweest die Akam overtuigde om het harnas weer aan te trekken en zichzelf te geven aan de nieuwe koningin. Na zijn vrijlating verzorgde ze hem met de grootste aandacht. Ze zat aan zijn bed tot al zijn wonden waren geheeld, maar al snel bleek dat zijn wonden dieper waren dan enkel vlees. Akam had zijn harnas opgeborgen. Hij vond troost in de tijd met zijn dochter en vrouw; de twee personen die voor hem het allerbelangrijkst waren.

Hanar genoot ervan om hem eindelijk helemaal voor zichzelf te hebben. De angst, de weken in afwachting, waren verleden tijd. Een tijdlang leefden ze in een zalige eenheid met z'n drieën. Een verloren droom, die geen van hen durfde te dromen, werd eindelijk realiteit.

Totdat de oproep voor strijders kwam en Akam hem afsloeg. Plots veranderde zijn zachtheid in makheid. Hanar hoorde de angst in zijn stem toen hij de afgevaardigden wegstuurde. De keus om, in het licht van zulks een appèl bij zijn gezin te blijven, doofde zijn vuur en maakte hem inschikkelijk. De aandacht voor zijn dochter werd gering minder, maar genoeg voor Hanar om het op te merken. En als ze vrijden, voelde ze enkel zijn lichaam, want hij moest zijn hart onderdrukken om in de veiligheid van haar omhelzing te blijven. Ze voelde een kracht in hem die op uitbarsten stond, maar die hij onderdrukte met alles wat hij in zich had. Alsof de kracht die haar volledig liefhad dezelfde was als die hem ten strijde riep.

Eén nacht, terwijl ze naast elkaar lagen, streelde Akam met zijn vingers over haar huid. Bedachtzaam, zacht, zoals hij altijd deed en ze zijn liefde via zijn vingertoppen haar huid in voelde sijpelen, zijn weg vond naar haar hart, waar ze met zorg ook zijn hart bewaarde. Maar vannacht voelde ze enkel vingers glijden. Enkel huid op huid, vlees op vlees.

'Waar ben je, Akam?' fluisterde ze zacht, zoals alleen geliefden tegen elkaar spreken.

Hij aarzelde, onderbrak zijn strelingen. 'Bij jou, mijn lief. Waar ik altijd heb willen zijn.' Hij antwoordde kalm, maar zijn stem verraadde de onwelwillendheid om zijn pijn te tonen.

Hanar schudde haar hoofd. Ze wist allang wat het was dat hem tartte, maar verlangde naar zijn aanwezigheid, dat hij niet wegkeek van zijn innerlijk en haar zijn zielenroerselen niet onthield. 'Je bent nooit zo ver weg geweest als dat je nu bent. Ik heb weleens weken gewacht op jouw terugkomst. Ik heb je maanden tevergeefs in je cel proberen op te zoeken, niet wetende of je ooit zou terugkeren. Maar zelfs in die eenzaamheid was je dichter bij me dan je nu bent. Waarom kan ik je niet voelen, Akam? Waarom sluit je je hart voor mij?'

Stilte vulde de kamer als een muur tussen de twee geliefden. Akams antwoord moest een lange weg afleggen. Hij vocht om het te bevrijden. Zijn geliefde wachtte geduldig op zijn overwinning. Ze wachtte in het rijke bos dat ooit een droge toendra was totdat haar krijger zijn weg vond naar haar. Haar kloppend hart riep niet meer om hulp. Het klopte in eenheid met het hart dat haar was geschonken alsof ze wilde zeggen: vind mij, mijn lief, want elke angst die je mij onthoudt, is een vertrek van jezelf. Spreek uit wat je vreest, want afsluiten van mij, betekent afsluiten van jezelf.

Hanars strelingen en geduld wezen Akam de weg langs elke boom en elke helling. Haar hartslag liet de bomen hem lonken haar richting op.

'Ik ben bang jullie te verliezen,' zei hij uiteindelijk met natte ogen.

Hanar zei niets, want ze wist dat hij nog meer te zeggen had.

'Toen ik alleen in die cel zat, kon ik alleen maar aan jullie denken. En daar realiseerde ik me dat ik jullie alleen liet voor mensen die mij voor het minste of geringste zouden verraden. Waarom zou ik ooit nog het risico lopen jullie kwijt te raken?'

Ze streelde zijn haren. Met zijn pijn open en bloot, was hij voor haar prachtiger dan ooit, nog dapperder dan in welke strijd dan ook. 'Omdat je je leven niet waagt voor hen, Akam. Je waagt je leven voor ons. Jouw missie in dit leven is het beschermen van onze koningin. Enkel als je trouw bent aan je missie kan onze liefde bloeien. In de hoop vast te houden aan ons paradijsje, doof je het vuur wat onze liefde mogelijk maakt.'

Hanars woorden waren scherper dan elk zwaard, doeltreffender dan alle boogschutters. Enkel door te spreken kon ze het dikste harnas penetreren, en de grootste man op zijn knieën brengen.

'Akam, jij hebt mij jouw hart lang geleden geschonken. Niets in deze wereld zal het schaden zolang het bij mij is. Maar jouw lichaam heeft altijd toebehoord aan de wereld. Ik ben haar dankbaar voor elk minuut met jou die mij gegund is, maar jouw vuur moet branden. Jouw vuur moet de duisternis oplichten, of je zult uitdoven en wij zullen in jouw rook verstikken.'

Met het aangewakkerde vuur razend door zijn lichaam galoppeerde Akam langs de manschappen. Met zijn zwaard hoog boven zijn hoofd, vergezeld door de donderdrum van Raksh' trappelen, wakkerde zijn kreet de strijdlust van alle soldaten aan.

Zijn schreeuw kwam vanuit de onderwereld en deed alle harten beven. Akams strijdkreet weergalmde als een storm, krachtiger dan de storm die dreigde hen te verdelen.

Ze reageerden als bezetenen en voelden zich geroepen zijn geluid te beantwoorden met dezelfde passie, alsof ze moesten voorkomen dat de grond onder hun voeten zou scheuren. Enkel met duizenden tegelijkertijd konden ze zijn strijdlust evenaren, en een gezamenlijke storm van passie, vechtlust en eenheid creëren.

Zonder woorden, enkel met zijn fierheid, enkel met zijn kracht en vuur, had Akam van een verzameling soldaten een leger gevormd. Ze werden bij elkaar gehouden door hun ontzag voor de man die ze zonder twijfel zouden volgen tot de dood.

De koningin, gerustgesteld, kon agha Simko antwoorden. 'Uw zorgen zijn eerzaam, maar onterecht. Zoals u ziet, is onze kampioen al aanwezig.'

17

Het leger stond een zware reis te wachten. Ze zouden via Korek de Zagrosbergketen betreden en trekken naar het oosten door de eeuwenoude cederbossen. Via de bergtop Qandil zouden ze oversteken naar het land van hun voorouders. Vanaf daar waren ze in onontgonnen gebied.

Generaties lang hadden ze die andere kant genegeerd, terwijl ze in de veiligheid van het bekende verbleven. Ze schermden zich af van hun duistere oorsprong. Maar dat wat hun voorouders had gebracht naar de Zagros was niet te ontkennen. De moeilijk begaanbare bergketen was nu niets meer dan een sluier die hen weghield van die duisternis die ze moesten overwinnen om vrij te zijn, Zahhak.

De Zagros was niet meer dat barre landschap dat Runak kende van haar bezoek jaren geleden. De voorheen kille paden waren bekleed met zacht gras. Er was genoeg schaduw van weelderige fauna om koel te blijven. Het water werd regelmatig bijgevuld aan kleine, vaak verstopte bronnen, waar het helder en fris ontsproot, precies zoals haar moeder lang geleden aan haar had beschreven. Hoe anders, kan eenzelfde pad zijn, bedacht ze.

Na de oversteek via Qandil trokken ze verder tot aan de volgende bergtop: Mamand Aqa. Hier konden ze voor het eerst over het vreemde land uitkijken. Het was duidelijk dat hen iets verschrikkelijks te wachten stond. Een donkere wolk hing boven het landschap waar geen zonnestraal de grond bereikte.

'Zo is het altijd, Majesteit. Seizoen na seizoen,' zei een van de verkenners.

'Is het veilig te betreden?' vroeg Yaran.

'Jawel, mijnheer. Ik kan me niet voorstellen hoe het is om in die duisternis te leven, maar wij zijn er zonder kleerscheuren ook uitgekomen.'

Met elke stap de berg af werd de begroeiing schaarser en triester. Hoe dichter ze bij de wolk kwamen, hoe meer alles bedekt leek met een laag roet. Ze betraden uiteindelijk de wolk zelf en bevonden zich in een omgeving waar niks groeide. Er hing een ijzige stilte waar zelfs de wind niet doorbrak. Eenmaal aan de voet van de berg leidden de verkenners hen naar het kamp van de smid verworden tot rebel.

Kawa was een grote man met een glimmend kaal hoofd, alsof het was geboend voor de gelegenheid. Zijn gezicht was bedekt met een dikke baard en een warme glimlach. 'Welkom waarde gasten! We zijn vereerd en gelukkig om eindelijk de geroemde Koerden te mogen ontvangen.'

Zijn gasten keken elkaar verbaasd aan. Koerden?

'Koerd betekent bij hen zoiets als bergbewoner of nomade, Majesteit,' legde een van de verkenners uit.

'En wij Koerden zijn vereerd om ten strijde te trekken naast een dappere man als u, Kawa,' zei Runak.

Koerd. Het werd een titel die ze met trots zouden dragen en hen zou verenigen onder één gezamenlijke noemer. Tot nu toe kenden de Koerden elkaar enkel als de leden van hun respectievelijke clans. Het was pas in de ontmoeting met buitenstaanders dat ze voor het eerst een gezamenlijke naam toebedeeld kregen, en het was de reactie van hun koningin die de naam legitimiteit gaf.

De Koerden en Kawa's troepen besteedden weken aan gezamenlijke oefeningen, om elkaar te complementeren in strijd. Kawa's troepen waren goed georganiseerd en vochten als een eenheid. De Koerden waren fier en geduchte boogschutters, zowel te paard als te voet. Al snel vonden ze kracht in elkaars sterke punten en vulden ze elkaar aan waar nodig.

Kawa's troepen hadden meer tijd nodig om te wennen aan de vrouwelijke strijders onder de Koerden, die stuk voor stuk niet onderdeden voor hun mannelijke tegenpolen. De Koerdische mannen hadden al van jongs af aan geleerd deze vrouwen niet achteloos te benaderen, zoals een hert benaderd wordt door een hongerig roofdier. Kawa's mannen zouden snel dezelfde les leren, maar niet zonder de prijs van een paar scheve neuzen en gekrenkte ego's. Gedeeld leed, na verzoening, werkt verbroederend.

De leiders hielden zich bezig met het bedenken van een plan om Zahhak te verslaan.

'De stadsmuren van Hashtrud, Zahhaks thuisstad, vliegen hoog als een adelaar en zijn dik als olifantshuid. Zelfs de Koerdische boogschutters schieten er niet overheen,' zei een van Kawa's generaals. 'Zelfs met onze gecombineerde krachten moeten we bekennen dat we niet sterk genoeg zijn om de stad succesvol te belegeren.'

Het kaarslicht in de hoofdtent zorgde voor een schaduw op de gelaten van de aanwezigen, die elk hun hoofd braken over hoe ze hun grootste nachtmerrie konden verslaan.

'We lokken hem naar buiten,' zei Yaran. 'Op open terrein kunnen onze vlotte ruiters zijn troepen omsingelen, terwijl Kawa's strijdmachten ze bezighouden.'

'En waarom zou Zahhak de veiligheid van zijn vesting verlaten?' zei een ander.

Yaran sloeg zijn armen over elkaar. 'We omsingelen de stad en blokkeren alle voorraadroutes. Ze zullen het maar beperkt volhouden zonder verse voorraden. Ze zullen moeten kiezen tussen of snel de aanval aangaan of riskeren later alsnog te moeten strijden, wanneer hun troepen uitgehongerd en gedemoraliseerd zijn.'

Nu reageerden de aanwezigen enthousiast op Yarans voorstel. Als handelaar wist hij hoe afhankelijk een stad was van constante bevoorrading en hoe je zonder te vechten je vijand kon kreupelen.

'En de omliggende dorpen zouden ons zonder problemen blijven bevoorraden.' Het plan werd bijgevallen door een ander.

Het enthousiasme groeide. Zonder zelf iets tekort te komen, zouden ze Zahhaks troepen kunnen verstikken.

Maar Kawa juichte niet. Zijn gezicht werd enkel donkerder en zijn zware stem brak door de opgetogen klanken. 'Dit plan zou uitstekend zijn, ware het niet dat we het opnemen tegen een duivel.' Zijn ogen staarden naar de brandende kaars, alsof een verschrikkelijk beeld in de dansende vlammen bezit van hem nam. Naast hem stond zijn ossenhoofdbijl, een wapen gemaakt door zijn eigen hand, waar hij nu meer en meer op ging leunen. 'Ik heb het met mijn eigen ogen gezien de dag dat ik hem confronteerde. Het monster dat Zahhak geworden is, een beeld dat ik niet graag onder woorden breng. Het belangrijkste is dat hij groteske vleugels heeft. Als we hem omsingelen zou hij de dorpen bombarderen vanuit de lucht, waar we hem niet kunnen raken. En hij zou zonder moeite wegvliegen wanneer hij het te heet onder de voeten krijgt.'

De fonkelende ogen van de anderen werden glazig, alsof de dansende vlammen hen ook in hun greep namen. Een overwinning leek verder weg dan ooit.

'Dan moeten we dus in één snelle slag het gevecht beslechten,' zei Runak. 'Als ik het goed begrijp, regeert Zahhak met angst. Zijn soldaten zullen niet verder strijden als de bron van hun angst weg is. We hakken de kop van de slang af en laten ons niet afleiden door de rest van zijn lichaam.'

Ze had geleerd wat voor invloed zij kon hebben op haar onderdanen. Naarmate haar macht en legitimiteit groeide, leerde ze ook dat haar aanwezigheid alleen al hen angst inboezemde. Bedienden werkten harder, adel sprak netter en soldaten stonden rechter zodra zij de ruimte betrad. En als angst haar schaduw was, dan zou inspiratie haar gift zijn. Haar standvastigheid zou inspireren om tot een oplossing te komen.

'Ik had ooit een oudere broer,' zei een van Kawa's volgers, de stilte doorbrekend. 'Al sinds ik mij kan herinneren vertelde hij over een tunnel die hij aan het graven was. Dag in, dag uit, was hij er in het geheim mee bezig. Het zou een uitweg zijn, hield hij mij voor, maar ik durfde nooit met hem mee. Op een dag liep hij de deur uit en kwam nooit meer terug.'

Terwijl alle ogen afwachtend op hem gericht waren, stopte hij plotseling en verviel in stilte. Hij was de enige nog in de ban van die kaars. Hij had altijd gedacht dat zijn broer gevangen genomen moest zijn of geëxecuteerd, maar bij het horen van de standvastigheid van de Koerdische koningin durfde hij te dromen over een andere mogelijkheid.

'En!?' schreeuwde één van Kawa's mannen in hooggespannen verwachting uit.

De man werd bevrijd uit zijn trance. 'En, wat?'

Kawa viel bijna van zijn stoel. 'De tunnel! Heb je de tunnel gezien?'

'Nee, ik heb nooit de moed gehad om erheen te gaan.'

'Maar je weet wel waar het zou moeten zijn?' viel Yaran Kawa bij.

'Ja!'

Dat was alles wat nodig was om het plan vorm te geven. Ze zouden met een kleine groep de tunnel gebruiken om de stad binnen te sluipen. Vervolgens zou een deel doorgaan naar het paleis en een ander deel de poorten openen zodat het leger chaos in de stad kon veroorzaken.

'Uitstekend. Kawa, Akam, Yaran en tien van onze beste krijgers en ik zullen Zahhak confronteren,' zei Runak.

'Majesteit, u kunt uzelf niet in gevaar brengen,' protesteerde de man.

'Koningin Runak, als mijn gast kan ik het u niet toestaan uzelf in gevaar te brengen,' zei ook Kawa.

De rest van de aanwezigen viel de twee bij. Er was weinig veranderd sinds de dag dat de magiër en de architect in haar kamer stonden. Zelfs nu nog zagen de meesten een porseleinen sieraad dat met zorg gedragen moest worden.

Enkel Yaran en Akam wisten dat het geen zin had om te proberen de koningin op andere gedachten te brengen. Ze zwegen en wachtten kalm af tot ze haar volgende woorden zou spreken.

Haar wil was als een anker, haar besluiten onwrikbaar. 'Ik zal Zahhak met mijn eigen ogen aanschouwen,' was het antwoord van de koningin en als een windvlaag doofde ze alle tegenstand.

'Zoals u wenst, koningin Runak. Met die groep zullen we het doen, maar we hebben een peloton nodig om de weg door de stad veilig te stellen voor die groep.'

Kawa liet de details over aan zijn ondergeschikten en verzocht de koningin om hem te vergezellen. Sommige kwesties zijn enkel bestemd voor oren die aan de top van de keten staan.

Ze liepen door het kamp waar kampvuurtjes brandden en hartelijk werd gezongen en gelachen. Overal waar ze langs liepen, verstomde de levendigheid in plechtige betuigingen of respectvolle begroeting.

'Uw heerschappij is nog indrukwekkender dan uw krijgsmacht, Majesteit,' zei Kawa.

'De mijne is mij geschonken, zonder verdienste van mijzelf. De uwe daarentegen is geheel uw eigen verdienste,' antwoordde Runak, wetende dat in de politiek complimenten doorgaans gevolgd worden door verzoeken.

Kawa wees de weg naar een helling en liet de koningin voorgaan. 'Ik ben maar een volgeling, Majesteit.'

'Hoe komt een simpele volgeling dan aan zo veel eigen volgelingen?'

'Omdat het niet mensen zijn die ik volg. Ik volg een heilige engel, Sarush. Die verscheen in mijn dromen en gebood mij in opstand te komen. Daarom ben ik ervan overtuigd dat we zullen zegevieren, want wij hebben een hemelse plicht.'

Ik heb de hemel gezien en ze was leeg. Runak zei het niet, wetende dat gesproken woorden weergalmen in de realiteit en een eigen leven gaan leiden.

Kawa liep achter haar de helling op die steeds steiler en rotsachtiger werd. 'En als onze overwinning bereikt is, zullen de Koerden zich dan weer voegen bij hun ware koning, Majesteit?'

Runak draaide zich om en keek neer op Kawa. 'En wie is die koning, Kawa?'

Hij stopte, en wees hijgend richting het oosten. 'Op de berg Alborz wacht hij op onze overwinning. Een jong kind, dat door Sarush zelf aangewezen is als de rechtmatige koning. Hij wordt Fereydun genoemd.'

Runak liep verder naar de rand van de rots. Ze keek uit over de troepen en zag dat zowel haar volgelingen als die van Kawa in groepen met elkaar stonden. Ondanks de scheiding van duizend jaar waren ze toch redelijk snel aan elkaar gewend en zelfs naar elkaar toegegroeid.

Kawa voegde zich naast haar.

'De Koerden hebben een koningin en naast haar een wijze koning, beste Kawa. In vele generaties hebben wij ons koninkrijk opgebouwd en onze eigen heerschappij ontwikkeld. Er is enkel nog een ding dat ons bindt in angst, aan een verleden dat geen van ons meer kent, en daarom zullen we na onze overwinning dierbare bondgenoten worden.'

De Koerden waren niet teruggekeerd, maar op expeditie, begreep Kawa. 'En elke koning droomt van bondgenoten als u,

Majesteit.' Hij maakte een lichte buiging met zijn hand op zijn borst.

'Er is nog iets anders dat de engel mij opdroeg. Dat is dat ik Zahhak onder de berg Damavand levend keten.'

Runak vroeg zich af of dit al die tijd al Kawa's bedoeling was. In feite vroeg hij haar het leven van Zahhak te sparen. Wellicht was hij een even geducht politicus als rebel.

Runak keek op naar de volle maan. Jaren geleden had ze vanuit daar omhoog opgekeken, maar dan naar de aarde. Ze zag haarzelf ondersteboven, hangend van de rots als een vleermuis aan een wand en omlaag kijkend naar de maan. 'De ketenen van het verleden verbreken of gehoorzamen aan een hemelse autoriteit. Is dat de keuze die u mij vraagt te maken, Kawa?'

18

Het infiltratiepeloton sloop in het holst van de nacht naar de plek waar de tunnel zou moeten zijn.

Een kundig verstopte opening nabij de imposante stadsmuren wachtte hen op. Als een splinter die door de dikste huid kan gaan, verbleef het daar als een herinnering dat geen barrière opgewassen is tegen de drang naar vrijheid. Dankzij die drang, verstopt in de schaduwen, kwamen ze ongezien de stad binnen.

Er heerste een akelige rust in die onophoudelijke nacht. De bibberende lichamen van bange ouders echoden van de stadsmuren terug in een bedrukkende stilte.

Ze hadden in groepen van vijf de opening betreden en de omgeving veiliggesteld. Zonder een kik had het peloton voorbijlopende bewakers en burgers tot levenloze lijken gereduceerd. Ze mochten geen risico lopen ontdekt te worden.

Kawa, Yaran, Runak, Akam en tien andere strijders kwamen als laatste binnen en bewogen onmiddellijk door de vrijgemaakte straten richting het paleis dat tegen de donkere lucht afstak. Ze bewogen langs hun kameraden en liepen over het bloed van hun slachtoffers, hun ogen gericht op dat doelwit.

Korte tijd later hoorden ze de eerste geluiden van onrust toen de bewakers doorhadden dat de poorten waren opengebroken. De straten vulden zich met het galmen van klinkend ijzer, geschreeuw en gekraak van botten. Eeuwen van wrok, doorgegeven van generatie op generatie, vonden haar weerklank in het doorboren van Zahhaks pionnen. Degenen met geluk stierven snel, anderen voelden meermaals het koude ijzer hun lichaam penetreren voordat ze het leven lieten. De Koerden en Kawa's troepen moordden zich een weg door de straten van de stad om alle aandacht af te leiden van de kleine groep waar ze hun hoop op hadden gevestigd.

Ook in het paleis sprongen soldaten op om zich naar de strijd te haasten. Die chaos gebruikten de helden om hen voorbij te laten gaan, en zo met nog minder tegenstand voor de boeg binnen te sluipen. Kawa kende de weg en de enkele achtergebleven wachters werden snel uitgeschakeld. Voordat iemand de lijken kon opmerken waren ze al een andere gang ingeslagen.

De kleine groep die de ingang naar de troonzaal bewaakte, wachtte hetzelfde lot. Drie door pijlen in de nek en de drie anderen in een kort zwaardgevecht. Ze duwden de deuren open en liepen de zaal binnen. Ze troffen de koning aan in zijn meest monsterlijke vorm. Zahhak deed zich tegoed aan een onthoofd kinderlichaam, terwijl de twee slangen vochten om de kinderkopjes en een tweede lijk.

De stukken vlees en hersenweefsel hingen nog in Zahhaks mondhoeken toen hij opkeek. 'Kawa, mijn dienaar. Je bent wedergekeerd en hebt mijn verloren kinderen meegenomen,' zei het gedrocht met een ijle, borrelende stem.

Na duizend jaar van kannibalisme en vermenging met de slangen was Zahhaks menselijke vorm verwrongen tot een reptielachtig monster. De slangen waren uitgegroeid tot anaconda's en uit zijn rug groeiden twee afgrijselijke, vleugels. Zijn lichaam was bedekt met stekelige schubben en met elke ademhaling nam hij het weinige licht in de ruimte op en blies een bedwelmende rook uit. De slangen op zijn schouders kronkelden om hem heen, hun gastheer beschermend.

Naast hem stonden twee demonische deelgenoten. Zij waren net zulke gedrochten en ieder had brandende ogen waar vonken uitsloegen die hun gezicht van moment tot moment brandmerkten en ze in een staat van constante razernij hielden. Ooit mensen, helden die door duistere krachten waren getransformeerd tot dews. Met hun enorme wapens gingen ze voor hun koning staan.

'Je eind is nabij. De geredde kinderen zijn uitgegroeid tot een leger dat je heerschappij tot val zal brengen,' snauwde Runak hem toe.

Zahhak gooide het kinderlichaampje weg en lachte ijzig. 'De koks die helden dachten te zijn. Het was maar een kwestie van tijd tot we erachter kwamen. Ze waren een prima dessert.' Hij likte zijn lippen met zijn gevorkte tong terwijl hij Runak van top tot teen bekeek. 'Als ik had geweten dat ze juist de meeste verrukkelijke kinderen hadden verstopt, waren we jullie ook komen zoeken.'

Yaran schoot naar voren, onbevreesd voor de monsterlijke verschijningen, en ging recht op hun meester af. Hij werd tegengehouden door het zwaard van de eerste dew en zag Akam hem voorbijschieten, die behendig de tweede ontweek. De dew voor Yaran werd door Kawa's bijl uit balans gebracht en de overige soldaten omsingelden de andere.

Akam bond de strijd aan met de bron van hun misère, de schim die ook hem zijn leven lang tartte. Op de achtergrond klonken de strijdkreten van zijn kameraden, verwikkeld in een strijd tussen leven en dood. Hij was verzekerd van rugdekking en haalde uit met zijn zwaard.

Zahhaks huid was dik en het metaal ketste af op de schubben. 'Met dat miezerige stuk ijzer bind jij de strijd aan met de heer en meester van alle rijken ter wereld?' schreeuwde hij spottend.

De slangen probeerden Akam te bijten. Hun snelheid en kracht waren moeilijk te overtreffen, maar onvermoeibaar bleef Akam elke beet ontwijken.

Toen de slangen hem niet konden raken, spuwden ze een gif zijn kant op, dat gaten in de grond brandde en de troonzaal veranderde in een onvoorspelbare plek met steeds meer kuilen.

'Als een vlieg probeer je mij te ontwijken, maar mijn macht is niet te stoppen!' schreeuwde Zahhak.

Met elke ontwijking werden Akams bewegingen rustiger, meer methodisch en kleiner. Terwijl Zahhaks slangen razend bleven uithalen, zorgde Akam ervoor dat zijn prooi tussen hem en de muur in kwam te staan.

Een glinster in de ogen van onmetelijke duisternis was het signaal voor Akam om zijn speer te lanceren. Nog voor het gif gespuwd was, nagelde zijn speer het reptiel via zijn zachte gehemelte aan de muur. Het al geproduceerde gif brandde een gat in zijn eigen bek, terwijl Zahhak schreeuwde van pijn.

Akam was naar voren geschoten, wetende dat zijn plan succesvol zou zijn. Hij gebruikte het moment om de slang door diens opengesperde bek in twee stukken te snijden met zijn zwaard, zodat de onderkaak op de grond viel en de bovenkaak bleef hangen aan zijn speer. Plots voelde hij een scherpe pijn in zijn nek.

Zahhaks grimas veranderde in een grijns. 'Je dacht toch niet dat dit schrammetje de grote Zahhak de onsterfelijke zou vellen?'

Uit zijn ooghoek zag Akam dezelfde glinstering in de ogen van de andere slang, klaar om zijn nek door te bijten. Voordat het dier een kans kreeg, werd Zahhak getroffen door de ossenhoofdbijl van Kawa. Het gekraak van botten en metaal galmde door de ruimte en luidde een eind in.

Allen keken op van hun strijd en ontmoetten de ogen van hun kameraden. Een stille triomf vulde de met bloed besmeurde ruimte. De vonken in de ogen van de dews waren geblust en hun lijken lagen roerloos op de grond, omring door verminkte mensenlichamen. Maar er was geen tijd voor rouw want de ogen waren verschrikt gericht op de hevig bloedende Akam.

Zahhaks rug was gebroken en hij lag hulpeloos op de grond, zijn slangen eveneens onbeweeglijk. De een naast de op zijn knieën gebrachte Akam en de ander opengereten, bungelend aan de muur.

Runak snelde naar Akam toe en kon zijn hoofd nog net opvangen in haar schoot voordat het de grond raakte. Het bloed stroomde uit zijn nek en kleurde haar kledij rood. Hij poogde te spreken, maar geen woorden kwamen tot uiting. De slang had zijn tanden om zijn strottenhoofd geklemd en deze weggerukt toen het op de grond viel.

Akams ogen sperden zich in paniek open omdat zijn kameraden zijn woorden niet leken te verstaan. Een traan bereikte de wang van de krijger. Het was niet het sterven dat hem beangstigde, maar het feit dat de laatste uiting van zijn hart nooit thuis zou komen.

'Mijn kampioen, rust zacht,' zei zijn koningin. Ze verzamelde de kracht om haar woorden helder over te brengen, door haar verdriet heen. 'Mijn kampioen. Ik weet waarover je wil spreken in je laatste momenten. Ik zie in jou wat je diepste verlangen is geweest, net als jij dat zag in mij. Mijn kampioen, mijn vriend, het spijt me. Het spijt me dat ik je weggenomen heb om te strijden voor een vrede die je nooit zult kennen.'

De tranen van de koningin mengden zich met het vergoten bloed van de krijger. Alsof haar tranen niet alleen zijn bloed, maar ook zijn pijn verdunden, vond Akam rust in zijn laatste momenten. Zijn koningin zou ervoor zorgen dat zijn laatste gedachten aan zijn vrouw en dochter hun weg zouden vinden naar huis.

Runak zag dezelfde blik als in de eerste nacht dat ze hem had opgedragen haar te begeleiden, weg van zijn vrouw en kind. Ze had ook toen het verlangen in hem gezien om woorden van liefde zijn thuis te laten bereiken.

Akam verwelkomde de duisternis, wetende dat hem niets meer te doen stond en liet het leven achter.

Alsof zelfs de wereld huilde om het overlijden van een held, regende het door de vele gaten in het paleis naar binnen. Voor even was het geluid van vallende druppels het luidste geluid terwijl de oorlogskreten buiten het paleis langzaam uitdoofden.

Een bulderende lach overstemde de plechtige stilte. Zahhak hoestte bloed op terwijl hij genoot van de dood van Akam. 'Geen heerser zal zegevieren zonder een kampioen,' sprak hij zelfgenoegzaam. 'Zo staat het geschreven. En ik weet dat jullie geen toestemming hebben om mijn leven te beëindigen. Met mijn helende krachten zal ik weldra-'

Voordat hij zijn zin kon afmaken had de koningin Akams zwaard door Zahhaks keel geduwd. Haar met bloed overgoten blik was nog scherper dan haar zwaard. 'In nog geen duizend jaar zal ik toestaan dat deze hal meer bloed van de held Akam zal ontvangen dan van de duivel Zahhak.'

Ze liet het zwaard in zijn nek en keek toe hoe hij langzaam doodbloedde. Een snelle dood was te veel genade voor hem.

Terwijl Zahhak krampachtig in elkaar dook, klampend aan het leven, zag Runak het angstige kind dat een harnas van magie en koningschap om zich heen had gewikkeld. In zijn zoektocht naar veiligheid had hij elke kans aangegrepen om zijn menselijkheid verder af te breken.

Zahhak had in zijn laatste momenten de kans om berouw te tonen, om bij het naderen van zijn eind het geheel van zijn daden te overzien en zich te realiseren dat hij een verachtelijk leven had geleid. Hij had de kans om zijn angst en eenzaamheid te voelen en een sprankje van vrijheid te ervaren, voordat de peilloze diepte hem omarmde. Heel even was er een kans, maar in het laatste paar ogen dat hij zag, was er geen ruimte voor zijn pijn. In Runaks ogen zag hij enkel de wereld die hem van kinds af aan pijnigde en was hij in zijn laatste momenten zoals hij geleefd had: verbitterd en bang, woedend en vol haat, zonder compassie voor het leed dat hij had veroorzaakt.

Met zijn laatste krachten opende hij zijn kaken en een slang schoot uit zijn mond en beet zich vast in Runaks keel. Niemand kon het dier stoppen en ze keken verschrikt toe.

De koningin verroerde geen spier en hield haar ogen met dezelfde vastberadenheid gericht op haar vijand.

Zahhak stierf zoals hij leefde, laf en bitter.

Met Zahhaks dood viel ook de slang op de grond en Runaks natte huid liet zijn ware gedaante zien. De slangenschubben die ze dankzij Shamarans bloed had ontvangen beschermden haar tegen de beet.

Lichtstralen braken door en brachten een hemelse warmte, alsof de zon hen feliciteerde met de overwinning van het licht op de duisternis. De warmte en rust vulden hun harten, al was het een pijnlijke rust. Het soort rust die men ervaart wanneer al het verdriet via tranen het lichaam verlaten heeft.

De zon besloot na duizend jaar weer te schijnen op het land en lichtte de bedwelmende smog op. Het roet verdween en maakte de verhongerde grond zichtbaar. Het gras en de verwelkte bloemen leken onder het roet bevroren, maar leefden bij de eerste zonnestraal op. Mensen liepen hun huizen uit zonder vrees en het gelach van kinderen keerde terug in de straten, nadat deze ontdaan waren van de geslachte soldaten.

De lange nacht was ten einde gekomen en een nieuwe dag aangebroken.

19

'Majesteit, u heeft ons geëerd door met ons te vechten,' zei Kawa. Ze stonden tegenover elkaar bij de open poorten van Hashtrud.

'En u ons,' zei Runak. Ze keek uit over de bevrijdde stad en blauwe hemel. Soldaten liepen langs hen heen, beginnend aan de tocht naar huis.

'Zult u niet blijven om te wachten op onze koning, Fereydun? Hij zou verblijd zijn om u te ontmoeten,' vroeg Kawa.

Runak keek naar de voorbijgaande kisten, gevuld met de lichamen van hun kameraden, wachtend op de vereniging met hun families. 'Al zou dat een grote eer zijn, wij moeten onze martelaren terugbrengen naar hun laatste rustplaats, onder hun familieleden.'

Kawa knikte begripvol. 'Ik zou elke Koerdische martelaar de hoogste eerbetuiging aanbieden, maar ik weet dat u dat niet zult accepteren. U zult uw eigen eerbetuiging hebben.'

'En hoe eert u uw martelaars?'

Kawa's ogen vulden zich met trots. 'Wij brengen ze naar de Toren van Stilte waar ze opnieuw opgenomen worden in de natuur door gieren, zodat zij in de dood anderen voeden zoals ze in het leven ons hebben gevoed.'

Runak keek naar de lucht, waar inderdaad vogels vlogen. Zou Simoergh daar ergens rondvliegen?

'En u?' vroeg Kawa.

Ze keek om naar de stoet van gevallen kameraden alsof ze erover nadacht, keek naar de grond, en richtte zich vervolgens tot Kawa. 'Onze martelaren zullen nog een laatste keer stralen voordat ze door vuur verzwolgen worden. De wind zal hun as over de wereld verspreiden, waar ze de grond zullen voeden en leven creëren op plekken die wij niet eens kennen.'

'Het gaat u goed, koningin Runak.'

'Het gaat u goed, Kawa de smid. Weet dat u altijd bondgenoten zult vinden voorbij de Zagros.'

Ze knikten naar elkaar en Runak voegde zich bij de gelederen van haar leger, haar trouwe echtgenoot naast zich.

'Lief, was het niet beter geweest te wachten op Fereydun?'

'Waarom zouden we dat doen, Yaran?'

'Een wisseling van macht is niet zelden een wisseling van allianties. Een relatie opbouwen met deze onbekende koning zou belangrijk zijn.'

'Niets is belangrijker dan onze martelaren hun laatste eer bewijzen. En daarnaast, wij zijn nog niet klaar. We moeten nog altijd de liefde waardig worden.'

Yaran keek vol ontzag naar zijn vrouw. Ze had nog altijd die blik. Nog altijd keek ze de verte in, alsof daar iets verscholen lag dat enkel voor haar bestemd was.

Waar Runaks Koerden hun voeten plaatsten, brachten ze de lente met zich mee. De overwinning op de lange nacht was definitief en de bloeiende natuur eerde hen met elke stap die ze zetten. Aan de top van Korek ontstaken ze vuur om deze dag te vieren en hun thuiskomst te markeren. Weldra werd er in elk dorp in het land eenzelfde vuur aangestoken.

Akams lichaam werd met de grootste eer verzorgd en gehuldigd als de held die Zahhak neerhaalde. Hij lag boven op de brandstapel, samen met zijn gevallen kameraden. Voor de tweede keer had zich een menigte om hem heen verzameld, nu niet om hem te verloochenen, maar om hem te eren.

Hanar kreeg de verschrikkelijke eer om zijn lichaam het hiernamaals in te sturen. Ze nam geen fakkel mee naar boven, want die was niet nodig. Enkel een kus was voldoende om het vuur een laatste keer te ontbranden.

Hun dochter was oud genoeg om te begrijpen dat haar vader niet meer wakker werd. Ze boog haar kleine lichaam over hem heen en begroef haar gezicht in zijn nek, haar kleine handjes op zijn gezicht. Haar tranen maakten zijn baard nat, terwijl ze hem smeekte om wakker te worden.

Hanar nam haar dochter in haar armen en kuste haar echtgenoot vaarwel.

'Welkom thuis, mijn liefste. De wereld heeft je teruggenomen,' fluisterde ze terwijl de vlammen hem in hun boezem opnamen.

Haar tranen verdampten in het aangewakkerde vuur en stegen samen met zijn as op. Ze huilde niet om het verlies van zijn leven, want een man die zijn leven geeft aan het goede gaat nooit verloren. Akam had haar alles gegeven wat ze van een man verlangde. Hij had zich volledig gegeven aan de wereld en daarmee aan Hanar. De tranen waren voor het verdriet van haar dochter, die nooit de veiligheid van zijn schaduw zou kennen, een veiligheid waarvan ze ooit zou moeten leren deze in zichzelf te cultiveren.

Akams leven stond in het teken van veroveren, maar het hart van een vrouw is niet te veroveren. Al verplaats je hemel en aarde, je zult haar hart niet open forceren. Dat had Akam zich gerealiseerd op die zwijgzame toendra. Het enige wat hij kon doen, was een offer brengen aan haar altaar, zijn hart. En in die samenkomst leerde hij dat een vrouwenhart hetzelfde is als de wereld. Ze geeft en neemt enkel naar haar believen en de mensen kunnen niet anders dan hun lot accepteren. Zijn hart was voor Hanar, zijn lichaam voor de wereld. Beide vonden hun thuis in zijn laatste rustplaats.

De Koerden dansten om het vuur om hun respect te tonen voor de gevallen helden. Ze vierden hun leven door hun dans. Elk van hen had een arm om degenen naast hem geslagen en zo bewogen ze zich in een open cirkel om de brandstapel heen, op het ritme van de def en de dahol, begeleid door de melodieën van de simsal en tembur.

Hun dans was het symbool van hun hechte gemeenschap waarbij niemand alleen stond en ze allen tezamen hun hoeder volgden. Degene voorop in de rij bepaalde het tempo en de energie, de eer was aan hem om iedereen op te zwepen en in vervoering te brengen met de muziek. Het was een onbezorgde en verbindende dans. Een dans waar het niet uitmaakte of je man of vrouw was, koning of onderdaan, familie of vreemdeling.

De duistere koning was verdreven en de Koerden waren er gerust op geen vijanden meer te hebben. In de opvolgende jaren steeg het respect voor, en het aanzien van Runak tot nieuwe hoogten.

De overwinning op Zahhak en het martelaarschap van Akam werd op advies van de voormalige koning Sherwan kundig ingezet om Runaks positie te verstevigen. De geschiedenis van deze grote krijger met de koninklijke familie werd uitbundig gevierd, zonder die ene donkere periode waar hij bijna door hen zelf was geëxecuteerd ooit nog te benoemen.

De krijgers die hadden gestreden tegen Zahhak werden rijkelijk beloond en opgehemeld. Als deze krijgers vervolgens posities van macht verkregen binnen hun clans, werden ze nog dichter bij het koningshuis geplaatst, zodat hun binding aan het koningshuis groeide.

'Een machtige krijgsheer of clanshoofd zal minder snel bereid zijn je openlijk uit te dagen als ze dicht bij je staan,' had de oude koning geadviseerd. Ook al was Sherwan niet meer dan een adviseur geworden, het was geen geheim dat geen belangrijk besluit zonder zijn goedkeuring werd genomen.

Ook intervenieerde Runak steeds actiever in opborrelende onenigheden tussen plaatselijke leiders. Als bemiddelaar tussen partijen groeide haar invloed nog verder en had ze goede excuses om haar meest loyale troepen en generaals overal te stationeren. De macht die dorpsoudsten, clanshoofden en krijgsheren hadden over hun eigen gebied verplaatste zich langzaam naar het centrum, naar Runak.

Ze volgde haar vaders adviezen op waar ze strookten met haar doelstellingen, maar zij had haar eigen plannen. Runak was Hemin nooit vergeten.

Ze leerde dat de plicht om de eer van de familie hoog te houden, zwaar woog op alle families. Het was een gewicht dat jonge vrouwen verstikte voordat ze tot bloei konden komen, en dat van broers en vaders berouwloze beulen maakte. Ondanks dat ze veel vrijheden kenden en posities van macht konden verwerven, was het voor jonge meisjes een feit waaraan ze niet konden ontsnappen. De mate van vrijheid in hun leven werd bepaald door de mannen van de familie waarbinnen ze werden geboren.

En precies dit feit vernietigen, was Runaks doelstelling. Om de liefde waardig te worden, moest ze de liefde die zij had gevonden mogelijk maken voor iedereen. Het is enkel in vrijheid, dat liefde kan bloeien.

Toen haar invloed ver genoeg reikte en in elke dorp en stad haar wil gold, laste ze een verbod in voor gezinnen om hun kinderen naar believen te straffen. Het nemen van een leven zou niet langer het predicaat zijn van een patriarch. 'Jullie levens zijn voortaan ondergeschikt aan niets minder dan de kroon,' had ze geëist. 'Wij zijn niet langer een verzameling kinderen die werd achtergelaten. Wij zijn het volk dat de wereld redde van duisternis en als een gezamenlijk volk hebben we één leider.'

Het was het eerste besluit zonder haar vader te consulteren. 'Ze begaat een grote fout!' verzuchtte Sherwan bij zijn vrouw, Gelawezj. 'Je kan niet de plaatselijke hoofden verbieden hun eigen familieaangelegenheden te regelen.'

Zijn echtgenote keek hoe haar man door de slaapkamer liep. 'Is het niet juist beter dat ze controle heeft over die gebieden?'

Sherwan stopte en keek zijn vrouw gefrustreerd aan. 'Het gaat om balans. Bepaalde tradities kún je niet van ze afpakken zonder opstand. Als het niet vandaag gebeurt, zal het morgen tegen haar gebruikt worden.'

'Zijn we niet zo ver gekomen omdat iemand het überhaupt aandurfde tradities te breken?' antwoordde zijn vrouw, verwijzend naar zijn eigen besluit over de troonopvolging. 'Misschien is het tijd dat je erop vertrouwt dat haar visie verder reikt dan de jouwe.'

Hij plofte naast haar op het bed en leunde op zijn benen. 'Er staat zo ongelooflijk veel op het spel, Gelawezj. Je kunt dat niet allemaal negeren voor een schoon geweten.'

Naarmate de liefde tussen Runak en Yaran groeide, groeide er ook een nieuwe behoefte, de behoefte om hun liefde te materialiseren, om het in de wereld te brengen en te zien groeien. En zo kregen ze vier prachtige kinderen die elk het evenbeeld van hun moeder of vader waren. En in die kinderen zagen ze hun liefde een nieuwe vorm aannemen, onafhankelijk van henzelf.

De voormalige koning en koningin keken met grote ogen naar hun nieuwe kleinkinderen. Sherwan vergat al zijn zorgen over zijn voormalige rijk, terwijl hij ingenomen door de speelsheid van de nieuwe koters lachend en gierend met hen kletste. Het was alsof er een vijfde kind bij was gekomen.

Runak zag haar kinderen overspoeld worden door liefde van hun grootouders zonder hun angst voor de toekomst. Ze keek het verschil ten opzichte van haar eigen jeugd met plezier aan, omdat ze zag dat de liefde van haar ouders eindelijk onbevreesd kon stromen en zijn weerga vond in de blijdschap van haar kinderen.

Toen haar beide ouders stierven, voelde ze dezelfde bodemloze put onder haar voeten openen als de dag dat ze werd gescheiden van Akam. Maar deze put was nog dieper, want het waren haar eigen wortels die voorgoed afstierven. De wortels die haar ferm op haar plek hielden, haar steunden en waaraan ze de wijsheid van jaren kon opvragen. Pas toen leerde ze opnieuw in de wereld te zijn en om zichzelf te voeden. Ze leerde haar eigen wortels groeien en zelf de steun te zijn voor haar omgeving zodat ze niet meer enkel een heerser was, maar ook een steun en toeverlaat.

20

Elk licht werpt haar eigen schaduw. En in Runaks licht groeide een donkere schaduw. Na de overwinning op Zahhak was agha Simko de enige die geen rust ervaarde. Zijn wantrouwen naar het onbekende bleef koppig aan zijn hart kleven.

Hij was het paleis van Zahhak net op tijd binnengekomen om het monster dood te zien bloeden en zag hoe verstijfd allen waren door Runaks verschijning. De eerste zonnestraal viel op haar gelaat en weerkaatste via haar slangenhuid in zijn ogen. Simko zag daar zijn menselijke tekortkomingen en de ondergeschikte positie die hem ten deel zou vallen in haar schaduw.

De groeiende invloed van de koningin baarde hem zorgen. Ze vergaarde langzaam maar zeker genoeg macht om hem met gemak omver te kunnen werpen. Wat zou er van zijn levenswerk terechtkomen als zij, net als velen die haar voorgingen, besloot om alle macht te grijpen? Wat zou er van zijn bloedlijn overblijven als zij elke mogelijkheid op wraak zou willen uitsluiten, nadat ze zijn stad had overgenomen?

Hij deed pogingen om een geheime alliantie tegen haar te smeden, maar niemand durfde de optie te bespreken, vrezend dat haar spionnen overal op de loer lagen. Hoe zouden ze haar überhaupt kunnen deren, als ze krachten had die haar onschendbaar maakten?

Tevergeefs probeerde hij die krachten voor zichzelf te bemachtigen. Zijn spionnen hielden zich rondom het koningshuis op, in een poging uit te vinden hoe ze haar magie verkreeg, maar ze vonden geen sprankeltje van bovennatuurlijkheid.

Hij kamde de bossen uit op zoek naar de magische boom waar Simoergh haar jongen zoogde, hopend haar krachten te kunnen stelen. Als hij het dier van haar jongen zou scheiden, kon hij ze trainen gehoorzaam te zijn. Maar na maanden zoeken was het enige wat hij vond een eenzame walnootboom, zonder ontluikend geheime wereld, zonder magisch fruit of tjirpende vogels.

Hij probeerde Shahmaran te vinden om haar bloed te kunnen drinken en onschendbaar te worden, net als de koningin. Maar het enige wat hij in Shaneder vond, waren eindeloze grottenstelsels en klamme holtes. Slangen, schorpioenen, ratten en andere beesten waren er genoeg, maar geen van hen vertoonde enige spoor van magie.

De wereld was leeg, want hij was leeg. In hem leefde geen hart van vlees en bloed dat kon meevoelen met de harten van andere wezens. En dus verscheen de gehele wereld aan hem als een zielloze plek, als een dode plek dat hem niets te bieden had tenzij hij er de macht over had. De Wereld praat vrijelijk tegen open harten, maar verstomt tegenover gesloten harten. En nu een ander de macht over hem had, voelde het alsof hij een van de dode dingen van de wereld was en niet langer beschikte over een eigen wil.

Runaks vader was ook machtig geweest, maar altijd een mens van vlees en bloed gebleven. Sherwan moest Simko respecteren als hij geen opstand wilde riskeren. Maar deze nieuwe koningin raasde, zonder blikken of blozen, door tradities en zijn machtsbasis heen. Zij was geen mens zoals haar vader en leek niet bang voor wapens of retributie.

Verslagen en verbitterd trok Simko zich terug en gaf zijn hoop op meer macht op.

Op een dag verscheen er een vagebond aan zijn hof. De gehoede man had audiëntie aangevraagd om de agha om een gunst te vragen. Simko liet de bezoeker binnen, hopend op wat afleiding.

'O, grote agha Simko,' zei de man. 'Mijn dankbaarheid is groot om ontvangen te mogen worden aan het hof van zulks een groot mens. Een man met een hart dat geen gelijke kent en een onbreekbare wil. U eert mij met deze audiëntie.'

Simko was niet in de stemming om onbekenden lang te vermaken. Ondanks dat hield hij ervan geprezen te worden, ook al was het duidelijk dat de man iets van hem wilde. 'Wat is je verzoek, vreemdeling?' vroeg hij mat.

'Grote agha Simko, heinde en verre zoek ik in deze wereld naar waardige mannen. Mannen zoals u, die boven het maaiveld uitsteken. Ik zoek hen, om ze mijn giften te schenken. En hier voor mij staat de meest waardige van hen allemaal.'

Verveeld rustte Simko zijn hoofd in zijn palm. 'Je vleierijen werken beter als je je gezicht durft te laten zien.'

De bezoeker verwijderde zijn kap. Een jonge knaap met witte huid en groene ogen kwam tevoorschijn. Hij leek op een geanimeerd standbeeld, zo licht en egaal was zijn huid. Enkel de groene ogen verraadden het leven achter de porseleinen verschijning.

'Lang heeft u geleefd in de schaduw van anderen, grote Agha. Eerst in die van de arrogante Sherwan en nu in die van naïeve Runak. Is het niet tijd om uw plek op te eisen als rechtmatige heerser over alle mensen?'

In de zaal klonk rumoer. Zulke beledigingen hoorden niet zonder tegenstand uitgesproken worden.

Simko stond op van zijn stoel. 'Spreek niet zulke verraderlijke taal in mijn nabijheid, anders laat ik je afvoeren!' schreeuwde hij, in een poging zijn eigen gekoesterde dromen van verraad te maskeren. Deze jongere had zijn verlangens blootgelegd en dat maakte iets in hem wakker.

'U draagt uw angsten als een embleem op uw borst, mijnheer,' zei de bezoeker kalm. 'Wij kunnen in eerlijkheid spreken ten aanzien van alle aanwezigen, want na ons gesprek zult u nergens meer voor hoeven te vrezen.'

'Wie bén jij?' vroeg Simko, verradend dat zijn interesse was gewekt.

'Mijnheer, deze Wereld is niets anders dan het strijdveld tussen licht en duisternis. En ik, Ahriman, dwaal sinds het begin der tijden door de harten van mensen, op zoek naar degenen in wie genoeg duisternis huist om mijn gift van macht waardig te zijn. Uw hart, grote Simko, is zwart geblakerd als kolen, een eindeloze put die alle rijken onder de zon kan opslokken.' De bezoeker maakte een buiging voordat hij verderging. 'Mocht u zich daartoe leggen.'

Simko's verdediging brokkelde af door de veelbelovende woorden van Ahriman. De jongeman had zijn angsten en verlangens blootgelegd en hem tegelijkertijd het heil geboden.

'En hoe verkrijgt men deze zogenaamde macht?' vroeg hij schertsend, in een nieuwe, tevergeefse poging zijn verlangen naar de waarheid van de woorden te maskeren als spot.

Ahriman glimlachte, want precies op deze reactie had hij gehoopt. 'Permitteer het mij u in te komen fluisteren, mijn heer.'

Hij negeerde de spottende houding van Simko en behandelde diens reactie als een serieus verzoek, omdat het dat, onder de oppervlakte, ook was.

De agha kon het niet nalaten te hopen. Hij maakte zichzelf wijs dat het geen kwaad kon om de jongen uit te horen. Het was een amusant verhaal van iemand die mooie praatjes verkoopt, maar enkel de belofte van zo'n macht wakkerde een hoop aan waar hij niet van weg kon kijken. Simko vergat de aanwezigen in de zaal en gebaarde zijn gast dichterbij te komen, terwijl hij terugzakte in zijn troon.

Ahriman liep met rustige stappen richting Simko. 'De macht waarover ik spreek, is niet die van ijzer en bloed. We weten allebei dat uw grootste vijand met geen zwaard te vellen is, maar er is een andere manier waarop u uw heerschappij over haar kan verzekeren.'

Hij stond naast Simko. Simko, barstend van verlangen, kon zich niet weerhouden naar hem toe te buigen.

Ahriman plaatste zijn mond dicht bij zijn oor. Zijn hand verhulde zijn lippen zodat men ze niet kon lezen.

De gasten zagen niet dat hij geen woord uitsprak. In plaats daarvan blies hij zwarte rook Simko's oor in, vergezeld van een ijzingwekkende kou. Langzaam verspreidde de rook zich door zijn lichaam en veranderde alle organen in roet. Toen hij vanbinnen volledig was gevuld, ontsnapte de zwarte rook door elke holte en porie totdat hij volledig verhuld werd, als sneeuw voor de zon verdwenen.

De rook breidde uit tot de gehele ruimte gevuld was, terwijl de andere aanwezigen wegrenden. De rook ontsnapte door ramen en kieren naar buiten. Al snel was de villa van de agha niet meer zichtbaar.

Hij verzwolg de huizen en hun bloempotten, daalde neer op de drukke kraampjes en verstikte de levendige sfeer terwijl mensen probeerden te schuilen. De rook nam de gehele stad over en daalde van het plateau naar beneden en breidde zich nog verder uit totdat het de Garabossen, het dorp van Rebin, de Zab, Hanars huis en de stad van koningin Runak volledig in zich opnam.

Hij barstte door de tuinen van het paleis, het plein en drong binnen in de troonzaal waar hij alle pracht en praal bedekte met een dikke laag as zodat elke kleur van koningin Runak net zo zwart geblakerd was als de ingewanden van Simko zelf.

Binnen enkele ogenblikken was het hele rijk bedekt met een zwarte wolk, die paniek veroorzaakte onder zijn slachtoffers. De as daalde neer op de bomen en deed ze verstikken. Hij verzwaarde de vogels in de lucht tot ze als stenen neervielen. Hij trad binnen in elk huis, doofde iedere haard en liet de bewoners achter in de kou.

Hij baande zich een weg tot in hun hersenpan en verwrong hun gedachten tot angst en wrok en liet broeders elkaar voor duivels aanzien, zusters elkaar voor wichten. Ouders zagen hun kinderen aan voor vee en kinderen hun ouders als slavendrijvers.

De paniek leidde tot angst en wantrouwen en de schim die ze dachten te hebben verdelgd, brak door de deuren van hun bewustzijn en nam ze over. De zwakkeren vreesden de sterkeren en de sterken lieten al hun razernij los op de zwakkeren. En de grootse overheerser van hen allemaal werd agha Simko. Hij verstikte iedere oppositie voordat deze vorm kon krijgen en manipuleerde elke gedachte zodat hij als de redder werd gezien.

Enkel Simko zelf bleef over als een schijnend licht van hoop dat de monsters kon verdrijven. Alleen hijzelf mocht onvoorwaardelijk geliefd worden in deze nieuwe nachtmerrie.

'Was er geen andere manier?' Runak keek vanaf Korek uit op haar rijk dat was bedolven onder dezelfde zwarte rook als die ze jaren geleden had verjaagd.

Naast haar stond een bekende oude man, met zijn witte baard en tulband. 'Agha Simko heeft zich volledig overgegeven aan de duisternis en zijn menselijkheid opgegeven voor macht. Er is niks wat u had kunnen doen. Als u uw paleis niet was ontvlucht, was u net als alle anderen opgeslokt en was alle hoop verloren.'

Ze draaiden zich om en liepen terug naar de karavaan met enkele wachters, bedienden, Yaran en hun kinderen.

Ze waren op tijd gevlucht dankzij de waarschuwing van de man die ze jaren geleden had ontmoet als de wijsgeer die een menigte ondervraagde over moed. Suqrat was zijn naam. Hij had Rebin ontmoet in zijn thuisland, het land van stemmen, en was met hem meegereisd naar de Zagros.

Van dichtbij had hij agha Simko's verval gezien. En met elke expeditie waar Simko van terugkwam, zag hij dat zijn gelaat meer overgenomen was door een duistere schaduw. Met de komst van Ahriman wist Suqrat dat het eind nabij was. Na jaren gesprekken te hebben gevoerd op dat plein besloot hij dat het tijd was het meisje dat koningin was geworden, het meisje waarin hij ooit een onbevreesde nieuwsgierigheid zag, te bezoeken.

'We moeten richting Kawa,' zei Yaran. Hij had hun jongste vast en een andere bij de hand. De twee andere waren stenen aan het omkeren om daar de beesten onder te vinden.

Runak knikte inschikkend terwijl ze het kind in haar arm overnam en haar kleine handjes om haar nek heen voelde kroelen.

21

Runaks hart voelde zwaar. Ze kon het niet verdragen haar land achter te laten, haar mensen aan hun lot over te laten.

Yaran sloeg een arm om haar heen in de rijwagen. 'Simko zal er alles aan doen om je leven te ontnemen en onze kinderen te doden, om zo de kleinste zaden van hoop, die nu nog bestaan, in de kiem te smoren. Maar zolang jij leeft, zullen die zaden geduldig wachten tot het moment dat ze kunnen ontspruiten.'

'Wat heeft nog meer bloedvergieten voor zin?' zei Runak treurend.

Haar vader had haar toevertrouwd dat ze hun volk uit de cyclus van geweld zou trekken, maar het was haar eigen macht die agha Simko de duisternis in dreef. Terugkeren om Simko te onderwerpen zou enkel een wisseling van macht zijn met uiteindelijk hetzelfde resultaat als vandaag.

Op dat moment herinnerde ze zich een verhaal van lang geleden over een volk waar eenieder evenveel zeggenschap had. 'Wijze Suqrat, is in uw thuisland niet iedereen op gelijke voet in staat mee te beslissen?' vroeg Runak.

Suqrat zat tegenover haar en zuchtte, alsof hij werd herinnerd aan een beschamend verleden. 'Ach ja, zelfs de meest dwaze burger heeft evenveel te zeggen als de meest wijze. Het is een verschrikking.'

'Maar is dat niet de manier om deze cyclus van geweld te doorbreken? Om niemand de duisternis in te jagen, waar hun angsten met hun geest kunnen rommelen?'

Suqrat veegde in de lucht alsof hij het voorstel wegwuifde. 'En verzekerd te zijn dat de wijsheid teloor zal gaan in de maalstroom van de dwazen.'

Runak zakte weg in haar stoel. 'Zijn we dan gedoemd te kiezen tussen dwaas bestuur of zeker geweld?'

'Majesteit, waarom denkt u dat dwaas bestuur niet tot zeker geweld zal leiden?' antwoordde Suqrat.

'Waarom noemt u het eigenlijk dwaas om de macht te delen?' vroeg Runak. 'Het had ons kunnen behoeden voor de tragedie van vandaag.'

Suqrat sloeg zijn armen om elkaar en was voor even stil. 'Koning Yaran,' zei hij uiteindelijk. 'Als u onderhandelt over uw inkoopprijzen, laat u dan iedereen meebeslissen over de uiteindelijke prijs of laat u de meest kundige onderhandelaar de leiding nemen?'

Yaran lachte. 'Als we iedereen zouden laten meebeslissen zouden we binnen een paar maanden failliet gaan, Suqrat.'

'En u, koningin Runak, als uw kinderen hoesten of wonden hebben, laat u dan allen meebeslissen over de behandeling of laat u dat over aan een dokter?'

'Dat laat ik natuurlijk over aan een dokter,' antwoordde Runak verontwaardigd.

'En waarom doet u dat?'

'Omdat ze nog zieker zouden kunnen worden als ze niet de juiste hulp krijgen.'

Suqrat leunde met zijn arm op het koetsraam. 'Oftewel, door onkundigheid zou u uw kinderen of uw onderneming onnodig geweld aan kunnen doen. En zoals u in de handel en gezondheid de meest wijze en kundige mensen de leiding moet geven, zo moet u dat ook in de staatsinrichting doen.'

Runak en Yaran keken elkaar vragend aan.

Yaran aaide over zijn kin. 'Maar in de handel en in de gezondheid is het doel duidelijk,' zei hij. 'Ik weet dat ik een zo goedkoop mogelijke prijs wil verkrijgen. Maar wat moet het doel van een koninkrijk zijn?'

'Dat is een uitstekende vraag, wijze koning,' zei Suqrat en hij bleef uit het raam kijken zonder antwoord.

Runak keek voor de tweede keer vanaf de Zagros naar het land van Kawa. Fereydun zou ondertussen al geïnstalleerd zijn als koning. Hoe zou hij haar ontvangen? Als een trouwe bondgenoot of een handige onderhandelingspion? Zou ze verwelkomd worden als een heldin die Zahhak neer had gebracht of als een ketter die een hemels gebod in de wind sloeg?

Ze zou in ieder geval Kawa's bescherming genieten. Zijn band met de Koerden was gesmeed in gezamenlijk vergoten bloed, doorgaans een duurzaam bondgenootschap.

'Hier zijn we veilig van Simko, mijn lief,' zei Yaran die het ongeruste hart van zijn vrouw aanvoelde. 'En op den duur zullen we troepen en invloed verzamelen om ooit weer tegenover de agha te kunnen staan.'

Runak had weinig hoop op een strijd met een goede afloop en de moed zakte haar in de schoenen. 'Wijze Suqrat, toen wij elkaar voor het eerst zagen, discussieerden jullie over moed, toch?'

'Jawel, Majesteit.'

'Wat was jullie uiteindelijke antwoord op wat moed is?' vroeg Runak kijkend in de verte.

Hij haalde zijn schouders op. 'O, dat is iets waar we nooit uit zijn gekomen. We kwamen steeds weer op hoe moed alle deugden bevat, maar dat is natuurlijk een definitie van deugd op zich, niet van moed.'

'Het is altijd makkelijker om te bepalen wat iets niet is, dan om te bepalen wat het wel is.'

'Dat klopt, Majesteit. Er zijn ontelbare antwoorden op wat iets niet is, maar een enkel antwoord op wat het wel is.'

'Daarom kan ik met zekerheid zeggen dat ons verschuilen niet moedig is. Breng ons naar uw thuisland. Ik zal die staatsvorm zelf aanschouwen en bepalen of het dwaas of wijs is.'

Ze reisden via Korek naar de bergtop Maslawk, vanaf daar naar Samdi, Silo en uiteindelijk Cudi. De Zagros leek ze de weg te wijzen, elke nieuwe top was als een baken. Dezelfde Zagros was voor Runak ooit een kil landschap, toen een oase, en nu een gids. Was de Zagros zo veranderlijk of zijzelf?

Vanaf Cudi was het tijd om de Zagros achter zich te laten. Het had hen al die tijd beschermd tegen de duisternis van de agha, maar dat was ook het enige wat ze daar konden doen, veilig blijven.

Op een dag bereikten ze ook het einde van het land, waar het water in golven over het zand klotste. Runak stapte uit om het uitzicht te bewonderen. De horizon strekte zich eindeloos uit waardoor haar ogen geen houvast vonden en zich ontspanden. Haar gedachten werden klein en onbeduidend in aanwezigheid van de oneindige zee.

Ze stapte het strand op en voelde het warme zand onder haar voeten kriebelen. Het water was koud, maar verfrissend. Op dat strand, met haar voeten in het water, streelde de wind haar benen. Het zand tussen haar tenen spoelde met elke golf weg en maakte ruimte voor nieuwe korrels.

In de glinstering van de zon op de zandkorrels en het kolkende schuim zag ze de ware aard van deze uitwisseling. De zee en het land waren twee geliefden, innig verstrengeld sinds het begin der tijden. De zee danste om haar geliefde heen. Ze trok en ze duwde, ze overstroomde hem met haar lichaam. Hij op zijn beurt hield stand tegen haar bevliegingen, onbeweeglijk in zijn liefde voor haar en ontving haar zoals ze is.

Als ze tegen hem aan kolkte, antwoordde hij liefdevol. Als ze hem streelde, weigerde hij nooit. Als zij meer nam dan haar toekwam, explodeerde hij vanuit het diepst van zijn wezen om terug te nemen wat van hem was. Ze namen van elkaar en ze bestonden niet zonder elkaar. Ze waren twee geliefden in perfecte harmonie in de nooit eindigende oorlog van de liefde.

Runak had nooit gevoeld dat de stabiele grond waarop ze leefde de arena was van een perfect liefdesspel, te ingenomen door haar eigen drama. De Wereld, die zo liefdevol gaf en waar alles naar terugkeerde, was zelf een strijd tussen twee delen van hetzelfde.

Zoals elke adem opkomt en weggaat, is het met alles. Golfen komen op en verdwijnen weer in de zee. Mensen komen als zaailingen uit de grond op en keren weer terug naar de aarde. Koninkrijken, geliefden, gedachten, allen volgen eenzelfde pad.

Runak geloofde dat ze door Zahhak te vermoorden de duisternis uitbande, maar de duisternis is geen mens, is niet iets dat kan sterven. De zee kan niet zonder het land, inademen niet zonder uitademen, en het licht niet zonder duisternis.

Ze keek van de branding verder de zee in en zag haar oude vleugeldeur verschijnen. De patrijsvogel zag er nog spectaculairder uit dan ze zich kon herinneren.

Door de kieren ontsnapte een zwarte schaduw, een rilling liep over haar rug. De deur sloeg open met een knal. Een enorme zwarte wolk ontsnapte en bedwelmde haar volledig.

Zonder dat ze nog iets kon zien, hapte ze naar adem enkel om in hoesten uit te barsten. Ze greep om haar heen op zoek naar houvast, maar er was niks. De rook vulde haar longen totdat ze geknield op de grond begon met hoesten. Haar leven flitste voorbij terwijl ze hapte naar adem.

Verzwolgen in die duisternis zat er niks anders op dan te accepteren wat er stond te gebeuren. Ze haalde diep adem en liet alles toe. In haar laatste moment zou ze tenminste begrijpen wie de schim was die haar nog steeds achtervolgde. 'Toon jezelf,' zei ze.

Een kleine hand raakte zachtjes haar been. Een waas van warmte schoot door haar lichaam en het verstikkende gevoel veranderde in een diepe zucht die alle rook wegblies. Een kleine Runak stond voor haar met armen om grote Runaks heupen geslagen.

Het gewicht van de realisatie drong tot haar door. De schim die zij en haar volk angstvallig buiten wilden houden, was nooit Zahhak geweest. Het was het kleine kind in henzelf dat ze vergeten waren. Het kind dat, voor het ooit een kans kreeg, de bergen in werd gestuurd en zichzelf alleen moest redden. Dat kind had hetzelfde patroon generaties lang herhaald in de hoop eindelijk gezien te worden.

Het was nooit een bandiet die op de deuren bonkte. Het was het kind in henzelf dat smeekte om binnengelaten te worden, om in de veiligheid van hun haard bij hen te zijn, om niet te vergeten waar ze als kind van droomden, om de pijn die ze hadden doorstaan te eren. In de kou gelaten werd dat smekende kind bitter en wantrouwend en wanneer de kans zich voordeed, toonde het zich in de vorm van angst. Daarmee dreef het hen tot woede, strijd en onderwerping in de hoop de veiligheid te vinden die enkel in hun eigen hart te vinden was.

Runak omhelsde zichzelf. 'Bedankt dat je mij in al die jaren nooit hebt verlaten, kleine Runak. Het spijt me dat ik je nooit toegelaten heb, maar ik heb je eindelijk gevonden en ik laat je nooit meer gaan.'

Ze pak het handje van zichzelf vast en stond op om haar eigen kinderen te zien. Haar prachtige kinderen die net zulk een licht in zich droegen. Het waren perfecte wezentjes met hun lach altijd in een volledige lach, hun huilbuien volledig met teneur. Elke emotie was puur en onberekend, want ze hadden nog niet geleerd hun hart te maskeren.

Langzaam maar zeker zouden de gebeurtenissen in hun leven zich een weg banen naar die open harten en daar hun sporen achterlaten. Ze zouden muren optuigen zodat ze de verwonde delen konden beschermen. En beetje bij beetje zouden ze volwaardige mensen worden die hun eigen zoektocht terug naar henzelf moesten volbrengen.

Dezelfde zoektocht die Runak had moeten doorstaan. De zoektocht die pas volbracht was toen ze alles wat ze opgebouwd had verloor. Ooit had ze niets liever gewild dan dat het paleis zou verdwijnen in duisternis, zodat ze dan vrij zou zijn. Het was haar nu duidelijk wat haar taak was in het leven, wat haar uitademing zou zijn want haar vrijheid had ze al gevonden. In de verzoening met het verleden en de toe-eigening van de toekomst was Runak vrij geworden.

Het is moedig om te luisteren naar de roeping van je ziel. Om deze te volgen langs welke berg of zee hij je ook leidt. Op die dag, met haar voeten tussen zand en zee, met de zon op haar gezicht, hoorde Runak haar werkelijke roeping voor het eerst. Ze wist niet hoe het licht in harmonie met de duisternis kon bestaan. Ze wist niet hoe ze de cyclus van geweld en de onderwerping van de zwakkeren door de sterken moest beëindigen. Maar net zoals haar ouders in haar geloofden, geloofde zij in haar kinderen.

Het benauwde gevoel uit haar kinderjaren was de hoop van haar ouders dat Runak verder zou komen dan zijzelf, dat zij zou rechtzetten wat hen niet lukte. Nu was het haar beurt om haar hoop door te geven aan haar kinderen.

Zij zou de vruchtbare grond worden waarin zij wortel zouden schieten, waar ze groot en sterk konden worden. Runak zou haar leven wijden aan deze vier zielen opdat zij nooit hun harten zouden sluiten voor hun diepste zelf. Opdat zij hun voorouders niet vergaten, opdat ze zich niet door angst lieten voortdrijven, opdat ze ooit hun toekomst zouden opeisen. Zodat, als het kind in hen na jaren eindelijk op de deur van hun hart zou kloppen, zij het niet zouden wegsturen als een vreemde of het in de kou zouden laten staan. Zodat zij nooit gecorrumpeerd konden worden door de duisternis, omdat ze in angst leefden.

De Wereld zou haar leven ooit terugeisen, haar kinderen terugeisen. En zelfs de onmetelijke Zagros zou machteloos zijn wanneer deze opgeslokt wordt in haar boezem, en uiteindelijk elk teken van het drama van de Koerden wordt weggevaagd. Maar tot die tijd had ze nog een rol te vervullen.

Runaks roeping was om het licht in de harten van haar kinderen te beschermen, en, als de tijd er rijp voor was, hen te helpen hun licht te laten schijnen. Want op een dag zouden ze terugkeren naar Koerdistan, die vier prachtige kinderen, Bakur, Bashur, Rojhelat en Rojava, en zij zouden de overwinning van het licht op de duisternis volbrengen als de kinderen van de Zagros.

Nawoord

Er zijn maar weinig dingen erger dan een boek openslaan waar je naar uitgekeken hebt en dan geconfronteerd te worden met een pagina's lang voorwoord. Alsof je eerst een lezing moet aanhoren, voordat je aan het plezier mag beginnen. Vandaar dit nawoord.

Rond 2019 groeide in mij een nieuwe interesse naar de oorsprong en geschiedenis van de Koerden. Om redenen die ik me niet kan herinneren besloot ik die oorsprong te zoeken in verhalen en mythen. Daar dacht ik een wereldbeeld of moraal te vinden dat oer-Koerdisch genoemd zou kunnen worden. Dat was, kortgezegd, een naïeve onderneming.

Maar al is een afgebakend beginpunt niet te ontdekken, dat betekent niet dat er geen onderscheidend verhaal te vertellen is. En terwijl ik leerde over de verhalen van Simoergh, Shamaran en Zahhak, gecombineerd met mijn eigen ervaringen en de psycho-politieke analyses over Koerden van mijn vader, ontstond er een idee. Maar meer dan een idee was het niet.

Hoe cliché het ook mag zijn, het was pas na een stukgelopen relatie dat ik me toelegde aan datgene waarvan ik wist dat ik het moest doen, maar uit angst niet aandurfde: het schrijven van dit verhaal. In tien dagen schreef ik de helft van dit boek, alhoewel het soms zichzelf leek te schrijven. En het duurde negen maanden om de eerste versie van het manuscript af te maken. Vervolgens duurde het nog eens negen maanden voordat het klaar was voor de druk.

Een kunstwerk, waar ik literaire werken ook onder reken, hoort op zichzelf te kunnen staan. Zodra het af is, vervalt de auteur tot een van de, hopelijk vele, lezers. Net als dat een ouder geen recht heeft te bepalen hoe zijn kind hoort te leven, heeft een auteur niet het recht om te bepalen hoe zijn werk geïnterpreteerd hoort te worden. Auteurs die een eenzijdige boodschap willen verkondigen, kunnen beter een essay schrijven.

Ook wilde ik een voorwoord vermijden om te voorkomen dat je als lezer gaat afvragen wat ik zou bedoelen op bepaalde plekken. Veel belangrijker is het om je af te vragen, of te voelen, wat er met jou gebeurt bij het lezen van het verhaal. Het is ook niet zo dat alles met een voorbedachte intentie geschreven is. Sommige elementen werden mij zelf ook pas duidelijk na het schrijven, oftewel de auteur moet interpreteren, net als elk andere lezer.

Toch waren er wel een aantal zaken die ik voor ogen had tijdens het schrijven die interessant zijn voor de lezer om te weten.

Allereerst wilde ik een verhaal schrijven dat resoneert met iedereen, ongeacht afkomst of overtuiging. Tegelijkertijd wilde ik dat je als Koerd een tweede laag van herkenning terug kon vinden, als een referentie naar onze gedeelde cultuur. Zo waren er bepaalde scènes die door niet-Koerdische proeflezers als vervreemdend werden ervaren en laat dat nou net de bedoeling zijn geweest.

Dit brengt me ook gelijk bij mijn tweede punt. Het was voor mij belangrijk dat de personages en hun overtuigingen trouw waren aan het heersende wereldbeeld rondom de Zagros. Het komt al te vaak voor dat een auteur zijn overtuigingen projecteert op zijn personages. Ik heb gepoogd zowel in de protagonisten als de antagonisten, ondanks hun grote verschillen, een waarheidsgetrouw beeld te scheppen in hoe zij naar de wereld kijken. Belangrijker nog was het voor mij dat een lezer zichzelf zou kunnen herkennen in die personages, in plaats van het gevoel te hebben een karikatuur van zichzelf te lezen.

Ten derde wilde ik voorkomen dat in dit verhaal een politiek commentaar te lezen was. Vergis je niet, het is onmogelijk om als auteur je politieke overtuigingen volledig uit te bannen, maar je kunt in ieder geval je best doen om ze het verhaal niet te laten overnemen. Het verhaal moest zich afspelen in een mythische geschiedenis, een tijd en plek die nooit bestaan hebben, zij het in een gedeelde voorstelling. Dat gaf mij de vrijheid om feiten en geschiedenis dan wel te incorporeren of te negeren. Zo refereren de termen prinses en koning aan een staatsinrichting dat niet vanzelfsprekend is in de geschiedenis van Koerden. Daarnaast heb ik zo veel mogelijk vermeden huidige staten bij de naam te noemen.

Velen zullen snel de verhalen van de Shahnameh herkennen. De Shahnameh is een Perzisch mythische vertelling van de geschiedenis van Iran uit de tiende eeuw. En ze zullen ook herkennen dat ik vele vrijheden heb genomen in mijn vertelling. Zo wordt in de Shahnameh Zahhak opgesloten in Damavand in plaats van gedood, een wijziging waar het gesprek tussen Kawa en Runak aan refereert. Ook speelt Fereydun in het origineel een veel belangrijkere rol dan in mijn verhaal.

De kenner van mythen uit de omgeving zal begrijpen dat het herinterpreteren van verhalen een langlopende praktijk is. Zo is Zahhak veel ouder dan de Shahnameh en is hij zelfs terug te vinden in de Avesta, een van de heilige boeken van het Zoroastrisme, uit de vierde eeuw. Daar staat Zahhak bekend als

Azhi Dahaka en is meer een draak dan mens. En niet alleen reikt dit verhaal verder in de tijd terug, maar ook verder dan huidige landsgrenzen. De term Azdaha is zelfs terug te vinden in Pakistan als zijnde een draak.

Hetzelfde geldt voor de termen peri, dew, etc. Meer zal ik hier niet over vertellen omdat er veel referenties in dit verhaal gemaakt worden die expres niet uitgewerkt zijn. Ze zijn er voor de lezer als een uitnodiging om verder te zoeken en deze eeuwenoude verhalen zelf te ontdekken.

Dit boek was niet mogelijk geweest in haar huidige vorm zonder de vele mensen die onderzoek hebben gedaan naar Koerden, naar oude verhalen en vertalers. Het was niet mogelijk geweest zonder mijn redacteurs Sabine Mourits en Kim Linssen. Het was niet mogelijk geweest zonder de proeflezers Nike Verwoert, Soz Raouf, Azad Qazaz, Shiba Hussein, Birgül Özmen en Nawa Azizi. Het was niet mogelijk geweest zonder de literatuur aanbevelingen van prof. dr. Martin van Bruinessen. Het was niet mogelijk geweest zonder de geweldige illustraties van Julian Brzozowski. Maar uit alle mensen verdient mijn goede vriend Thieme Stap een speciale dankbetuiging. Niemand heeft er meer onbetaalde uren ingestopt dan hij. Met scherpe bewoordingen en feedback heeft hij er aan bijgedragen dit werk literair naar een hoger niveau te tillen. Waarvoor mijn grote dank.

Op meerdere manieren is dit werk een tragedie. De katalysator van het schrijfproces was verlies en ondanks dat het over Koerden gaat, kon ik het niet in het Koerdisch schrijven. Het is een vreemde gewaarwording om je oorsprong te zoeken en te stuiten op een ondoordringbare taalbarrière. De barrière die de ouders van wij diasporakinderen moesten overwinnen treft ons nu in omgekeerde vorm.

Maar uit tragedie ontstaat schoonheid en verlies opent de deur naar een nieuwe zelf. Ik hoop dat dit verhaal daar een voortdurend testament aan kan zijn.